Chère lectrice,

Sachez que, pour ce mo[...] de très belles surprises. Tout d'abord, je vous invite à découvrir « Les héritières rebelles », la nouvelle trilogie de Lynne Graham : trois sœurs, Zara, Beatriz et Tawny, vont devoir céder au plus odieux — et au plus troublant — des chantages pour sauver leur honneur et celui de leur famille. Tout commence donc avec la belle et romantique Zara *(La vengeance de Vitale Roccanti*, n° 3335), qui va tomber amoureuse — et enceinte — d'un Italien très séduisant qu'elle a pourtant toutes les raisons de détester.

Autre jolie surprise de ce mois : je vous propose en exclusivité numérique (disponible notamment sur notre site internet), une nouvelle inédite de Maisey Yates : *L'héritière en fuite*. Il s'agit du prologue de la nouvelle grande saga Azur, « La couronne de Santina », qui commencera à paraître dès le mois prochain. Vous entrerez ainsi en avant-première dans les coulisses du royaume de Santina, et ferez connaissance avec quelques-uns des personnages de la saga… Un merveilleux rendez-vous à ne pas manquer !

Très bonne lecture,

La responsable de collection

L'amant du castello

CHRISTINA HOLLIS

L'amant du castello

collection *Azur*

éditions HARLEQUIN

Collection : Azur

*Cet ouvrage a été publié en langue anglaise
sous le titre :*
THE COUNT'S PRIZE

Traduction française de
MONIQUE DE FONTENAY

HARLEQUIN®
est une marque déposée par le Groupe Harlequin
Azur® est une marque déposée par Harlequin S.A.

© 2012, Christina Hollis. © 2013, Traduction française : Harlequin S.A.
83-85, boulevard Vincent-Auriol, 75646 PARIS CEDEX 13.

Service Lectrices — Tél. : 01 45 82 47 47
www.harlequin.fr
ISBN 978-2-2802-7897-3 — ISSN 0993-4448

1.

Confortablement installée dans la luxueuse limousine que le comte di Sirena avait envoyée pour elle à l'aéroport, le regard rivé sur le paysage, Josie se demandait si elle ne vivait pas un rêve éveillé. Etait-ce vraiment ici son futur lieu de travail ? Prise d'une impulsion soudaine, elle se redressa sur son siège et frappa contre la vitre qui la séparait du chauffeur.

— Arrêtez-vous, s'il vous plaît !

L'homme freina aussitôt et se retourna, l'air inquiet, tandis que la vitre entre eux se baissait.

— Un problème, docteur Street ?

— Non, non, tout va bien ; mais le Castello di Sirena est, paraît-il, magnifique, et je ne voudrais pour rien au monde manquer le moment où il va apparaître pour la première fois à mes yeux.

Le chauffeur hocha la tête, le sourire aux lèvres.

— On ne vous a pas menti, *signorina*. Le *castello* est classé parmi les plus beaux châteaux privés d'Italie et du monde. Mais vous allez demeurer ici quelques jours, n'est-ce pas ? Vous disposerez donc de tout le temps nécessaire pour l'admirer.

— Rien n'est moins certain. J'aurai tellement de choses à faire ! Je ne viens pas ici en touriste mais pour travailler.

— Dès que le *castello* sera en vue, je m'arrêterai, je vous le promets.

Le chauffeur tint parole. Une fois la limousine rangée sur le bas-côté de la route, Josie lança un regard autour d'elle et contempla, fascinée, le paysage de Toscane baigné par les rayons dorés du soleil. Un pur enchantement ! La beauté de l'endroit risquait d'être une source constante de distraction, même si son enthousiasme pour son travail d'archéologue était immense et indéfectible.

L'université qui l'employait depuis la fin récente de ses études manquait cruellement de fonds. Aussi, quand son amie Antonia l'avait invitée à venir explorer les environs du château familial, jusque-là fermé à toute fouille archéologique, elle avait saisi la chance inouïe qui lui était donnée.

Enfant, Josie faisait le désespoir de sa mère en accumulant dans leur modeste maison les « trésors cachés » couverts de boue qu'elle avait déterrés dans le jardin. Le temps passa sans altérer la passion de Josie, au contraire ; sa mère avait alors consenti à bien des sacrifices afin que sa fille, qu'elle élevait seule, puisse accomplir un cursus universitaire dans son domaine de prédilection : l'archéologie. Aujourd'hui, Josie était bien décidée à se bâtir une réputation d'excellence dans le domaine.

Elle sortit son appareil photo de son sac.

— Pouvez-vous m'accorder une minute ? demanda-t-elle au chauffeur. Je vais prendre quelques clichés pour ma mère, en Angleterre. Je voudrais qu'elle partage mon bonheur de travailler dans un tel endroit…

Le chauffeur se précipita pour lui ouvrir la portière.

— Merci, fit Josie, peu habituée à une telle prévenance. J'espère ne pas compliquer votre tâche.

— Je suis à votre entière disposition, *signorina*, répondit le chauffeur en s'inclinant. Comme j'ai déjà eu l'occasion de vous le préciser à l'aéroport.

Les joues de Josie s'empourprèrent au souvenir de la scène vécue quelques instants plus tôt : lorsqu'un homme en livrée s'était approché d'elle pour s'emparer de ses valises, elle avait refusé de les lui confier avant d'avoir pu vérifier son identité. A l'évidence, elle n'était guère habituée à se faire servir.

Son appareil à la main, elle descendit du véhicule. Et faillit aussitôt renoncer à son projet tant la chaleur en cette fin de matinée de juillet était intense. Rien à voir avec le climat doux de la brumeuse Angleterre. Elle s'empressa de prendre quelques clichés de l'impressionnante allée conduisant au *castello* perché sur la colline, avant de se réfugier bien vite dans le douillet confort de la limousine climatisée.

— Quel est ce parfum délicieux ? demanda-t-elle alors que le véhicule remontait l'allée abritée d'une pergola recouverte de myriade de fleurs.

— Les citronniers sont en fleur, *signorina*. Les abeilles adorent venir les butiner, pour le plus grand plaisir du comte Dario, qui est très friand de leur miel.

Josie n'avait encore jamais rencontré le frère d'Antonia, mais ce qu'elle en savait lui paraissait déjà bien édifiant. Le comte passait ses nuits à faire la fête et ses journées à parcourir son vaste domaine à cheval, vérifiant le travail accompli par ses nombreux employés ici ou là.

— Profitez au maximum du lieu, aujourd'hui, docteur Street, recommanda le chauffeur. Vous l'avez pour vous seule. Il y a eu une fête au *castello*, la nuit dernière, et tout le monde dort encore. Nous avons été avertis que les invités ne prendraient ni leur petit déjeuner ni leur déjeuner. *Signora* Costa, la gouvernante, vous préparera votre repas et vous déjeunerez seule.

Josie ferma les yeux, immensément soulagée. Elle avait eu l'occasion de participer à des fêtes données par Antonia dans son appartement de Rome, ou dans la maison de famille des di Sirena à Rimini. Et si les invités se montraient en général sympathiques, passer des heures à les écouter raconter leurs voyages autour du monde ou leurs séjours dans de luxueuses stations de ski l'ennuyait prodigieusement. Dario di Sirena devait être coutumier de ce type de réceptions et nul doute qu'elle ne le verrait pas souvent. Cela lui convenait parfaitement. Moins elle verrait le comte et ses amis de la haute société, mieux elle se porterait. Pour sa part, elle travaillerait la journée et dormirait la nuit. Elle avait obtenu une mission de quinze jours. Elle se consacrerait uniquement à son travail, ne pouvant se permettre de perdre son temps à toute autre activité.

Parfois, en de rares occasions, elle enviait l'insouciance de ces jeunes gens riches. Ce qui n'était pas son cas, loin de là.

Quand elle avait compris qui était Antonia di Sirena, sa colocataire sur le campus de l'université, elle avait d'abord craint que leurs différences n'empoisonnent leur amitié naissante. Ce fut le contraire qui advint : leurs dissemblances se révélèrent une source sans cesse renouvelée d'amusement et de fous rires. Leur amitié s'était vite consolidée et quand l'une d'elles rencontrait un problème, l'autre était là pour la soutenir.

La loyauté était une qualité fondamentale pour Josie. Elle avait cru l'avoir trouvée chez Andy. Hélas, elle s'était trompée, tout comme Antonia, un peu plus tard, avec Rick. Mais pour son amie, la situation s'était révélée plus grave : Rick s'était enfui lorsqu'il avait su Antonia enceinte. Josie l'avait alors aidée de son mieux à se reconstruire, tâchant de la persuader qu'elle serait mieux sans cet ignoble individu. Après ces deux tristes expériences, ajoutées à celle subie par sa propre mère dans le passé, Josie avait développé un profond mépris pour la gent masculine.

A la suite à cette épreuve, Antonia avait préféré rester dans son appartement de Rome pour élever son petit Fabio plutôt que de poursuivre ses études. Josie la comprenait : Antonia possédait les moyens d'élever son enfant sans aucun souci financier, ce qui n'avait pas été le cas de sa propre mère.

Malgré l'éloignement, l'amitié entre elles était restée indéfectible et Antonia s'évertuait à faire venir son amie auprès d'elle le plus souvent possible, d'où cette merveilleuse idée de lui offrir ce champ de fouilles exceptionnel.

— Vous êtes arrivée !

La voix du chauffeur la tira de ses pensées. La limousine venait de s'arrêter devant le perron du *castello*.

Josie descendit du véhicule, lissant les plis froissés de sa jupe. Tandis qu'elle parcourait du regard la splendide bâtisse, elle repoussa la mèche de cheveux rebelle qui sans cesse lui tombait sur les yeux. L'espace d'un instant, elle tenta d'imaginer ce que l'on pouvait ressentir à vivre dans un tel endroit. Les hauts murs de pierres surmontés d'élégantes tourelles étaient si impressionnants ! Elle se demanda combien de guerriers avaient tenté de pénétrer derrière ces murs au fil des siècles passés. L'énorme porte en chêne massif, ornée de clous, tannée durant des générations par un soleil de plomb comme celui d'aujourd'hui, semblait une barrière infranchissable. En son centre, une sirène sculptée dans le bronze — l'armoirie des di Sirena — semblait la défier du regard.

Le chauffeur lui expliqua qu'il reprenait le volant de la limousine afin de délivrer ses bagages à la porte de service du château, légèrement en retrait.

Consciente de n'être que la dernière d'une liste interminable de visiteurs ayant franchi cette porte, Josie s'avança vers une énorme cloche située sur l'un des côtés de la porte. Avant de l'actionner, elle placarda sur ses lèvres le plus charmeur de ses sourires.

*\
* *

Dario marchait dans le parc, sa raquette de tennis à la main, en direction du court construit un peu à l'écart du *castello*. Comme à son habitude, il avait diverti ses invités, veillant à ce que rien ne leur manque ; à présent que la fête était finie, personne n'était plus disponible pour le divertir à son tour.

Les membres du yachting club s'étaient amusés jusqu'aux premières lueurs de l'aube, goûtant abondamment aux célèbres vins de la cave du *castello*. Dario ne prisait plus guère l'alcool. Il allait donc laisser ceux qui en avaient abusé dormir le plus longtemps possible, même si cela signifiait qu'il n'aurait pas de partenaire pour une partie de tennis. Renvoyer les balles lancées par une machine n'avait rien de particulièrement attractif. Bien peu de ses invités s'adonnaient au sport, mais personne n'osait lui refuser une partie lorsqu'il le demandait. Leur parfaite soumission commençait d'ailleurs également à l'irriter.

Juste une fois, une fois seulement, il aimerait trouver quelqu'un qui oublie son rang et se comporte avec lui comme avec n'importe quel être humain.

D'un mouvement de sa raquette, il trancha vigoureusement la tête d'une dizaine de marguerites, s'ouvrant un chemin dans le champ de fleurs.

Il s'arrêta, dubitatif. Allait-il, pour s'occuper, faire subir le même sort au reste de la prairie ? Cette pensée lui traversait l'esprit quand le bruit du moteur d'une limousine parvint à son oreille.

La main en visière pour se protéger de la luminosité, il vit le véhicule s'arrêter devant le perron et une jeune femme en descendre. Dario tenta de se rappeler qui était la visiteuse. Ce ne pouvait être l'amie d'Antonia, puisqu'elle ne devait arriver que le 12. D'un regard, il vérifia la date sur sa montre et fit la grimace. On était le 12.

Un soupir s'échappa de ses lèvres. Depuis qu'il avait hérité de son titre, du *castello* et de son vaste domaine, le temps s'écoulait comme l'eau entre ses doigts. Dans quel but ? Un handicap au golf approchant le zéro et suffisamment d'heures de vols d'avion pour atteindre le système solaire ? Tout ce qu'il désirait, il l'avait. Et cela ne lui apportait qu'ennui et solitude.

Chassant ces idées noires de son esprit, il se dirigea vers la visiteuse, un sourire de convenance aux lèvres.

Antonia l'avait averti : son amie était là pour travailler et non pour être… distraite ! D'après la description faite par sa sœur, Dario s'attendait à accueillir une nonne ; la jeune femme qui se tenait sur le perron, la main levée, prête à actionner le système d'alarme incendie, lui apparaissait nettement plus attirante.

Quoique… A y regarder de plus près, il lui sembla évident qu'elle faisait tout pour le cacher. Sa coiffure et ses vêtements passe-partout indiquaient clairement une femme peu intéressée à séduire. Il sourit, amusé. Quelqu'un allait devoir lui démontrer qu'il existe autre chose dans la vie que les études et le travail. Il s'avança vers elle, heureux du challenge excitant qui s'offrait à lui comme un cadeau de la Providence.

Des années passées à creuser la terre pour en exhumer ses trésors avaient donné à Josie une certaine force dans les bras ; cela ne suffisait pas cependant à actionner la cloche. Elle tenta de frapper à la solide porte de chêne, en vain : son épaisseur ne laissait filtrer aucun son. Le chauffeur allait certainement informer le personnel de son arrivée, mais il allait s'écouler un certain temps avant qu'on vienne l'accueillir. Après une dernière tentative pour faire sonner la cloche, elle recula, essuyant les traces de rouille laissées sur ses doigts.

— *Buon giorno !*

Comme prise en faute, Josie sursauta et se retourna.

A la vue de l'homme qui s'avançait vers elle sous le soleil, elle en eut le souffle littéralement coupé. Grand, les épaules larges, il possédait une démarche élégante qui, chez lui, semblait innée. En comparaison avec les vêtements informes qu'elle portait, sa tenue de tennis, d'un blanc éclatant et parfaitement ajustée, semblait tout droit sortie des mains d'un styliste de talent. Dans sa main droite, il portait une raquette avec, piégées dans son tamis, des têtes de marguerites. Josie se demanda si une femme s'était donné la peine de la décorer ainsi pour lui. Elle lança alors un regard autour d'elle afin de vérifier si le sourire affiché sur les lèvres de l'arrivant n'était pas destiné à quelque créature de rêve qu'elle n'aurait pas vue.

Elle avait immédiatement compris à qui elle avait affaire. Les yeux de velours noir, les longs cils recourbés, les cheveux d'un noir corbeau : l'homme qui s'approchait était incontestablement le frère d'Antonia. Et il était encore plus beau qu'elle ne l'avait imaginé, se fiant à la description que son amie en avait faite.

— Permettez-moi de me présenter : je suis le comte Dario di Sirena.

Au son de sa voix suave, Josie sentit un frisson lui parcourir le dos. Dans un geste d'une rare élégance, il s'empara alors de sa main et s'inclina afin d'y déposer ses lèvres. Josie était en état de choc.

— Pour… pourquoi n'êtes-vous pas dans votre lit ? balbutia-t-elle, avant de se rendre compte, trop tard, du caractère équivoque de sa question.

Dario arqua les sourcils.

— Serait-ce une invitation ?

D'un geste brusque, Josie retira sa main et recula d'un pas, les joues soudain cramoisies. Leur relation ne débutait pas sous les meilleurs auspices.

— Vous devez être Josie.

— Je suis le Dr Joséphine Street, en effet, rectifiat-elle, bien que consciente de se comporter d'une manière ridiculement formelle.

Depuis toujours, faire de nouvelles rencontres s'apparentait à un cauchemar pour elle, surtout quand elles étaient aussi manifestement fascinantes.

— Docteur Joséphine Street, répéta-t-il en s'inclinant devant elle d'une manière théâtrale, permettez-moi de vous dire combien je suis honoré d'accueillir chez moi une personne telle que vous.

A l'évidence, il se moquait d'elle mais Josie n'était pas d'humeur à plaisanter. Il dut le sentir car il se redressa alors de toute la hauteur de sa taille tout en gardant son sourire charmeur.

Dario di Sirena avait manifestement l'habitude d'être à l'aise en toutes circonstances. Intriguée par le portrait fait de lui par Antonia, et dévorée par la curiosité, Josie avait consulté internet, la veille de son départ, afin d'en savoir plus. L'attitude aristocratique du comte rendait crédibles toutes les histoires racontées sur lui. Le charme qu'on lui attribuait était bien réel. Il possédait cette assurance, cette autorité naturelle, que tout l'argent du monde ne pouvait procurer. Josie avait devant elle l'homme le plus attirant qu'il lui avait été donné de rencontrer.

Plus stupéfiant encore : il la regardait comme si elle était le centre de l'univers.

Au prix d'un terrible effort, Josie se ressaisit. Elle ne devait jamais oublier combien les hommes peuvent se montrer cruels. Dieu merci, sa froideur naturelle éloignerait d'elle ce séducteur. Une stratégie qui fonctionnait à merveille depuis le triste échec de son expérience amoureuse.

— Je suis étonné que vous soyez venue directement ici au lieu de vous rendre d'abord à Rimini auprès d'Antonia et de Fabio, docteur Street, dit Dario.

— Vous pouvez m'appeler Josie, répondit-elle, son regard défiant le sien. J'ai déjà eu l'occasion de me rendre dans cette maison de Rimini mais, à l'évidence, mon style, très différent de celui de votre sœur, casse l'ambiance de fête perpétuelle du lieu.

Il sourit.

— Je vois, dit-il. Ce mode de vie n'est pas vraiment votre *tasse de thé*, comme vous dites en Angleterre.

Elle réussit à lui rendre son sourire.

— Le chauffeur a emporté mes bagages, expliqua-t-elle, désireuse de revenir sur un terrain plus pratique. J'essayais désespérément d'attirer l'attention de quelqu'un.

— Vous avez réussi. Vous avez désormais toute mon attention.

Contre toute attente, Josie se surprit à espérer que ce soit vrai. Impassible, Dario se dirigea vers la cloche qu'elle avait vainement tenté d'activer et repoussa un cache en bronze dissimulant le bouton de commande.

— Oh ! Bien sûr ! marmonna-t-elle, rougissant de son manque de discernement. Merci.

Comme elle tendait la main vers le bouton, il saisit son poignet au passage.

— Je ne ferais pas ça si j'étais vous. Il s'agit du système d'alarme du *castello*. Actionné, il appelle tout le monde à se rassembler ici. Je pense que ni vous ni moi ne voulons cela.

Josie frémit. L'idée de devenir un centre d'attraction l'horrifiait. Comme s'il lisait dans ses pensées, Dario replaça soigneusement le cache sur le bouton.

— La sonnette se situe sur le corps de la sirène. L'un de mes ancêtres avait un sens de l'humour très spécial.

Il appuya du doigt sur le nombril de l. sculpture de bronze ; le bruit strident d'une sonnette retentit immédiatement à l'intérieur du château. Josie éclata de rire, ce qui eut pour effet immédiat de détendre l'atmosphère.

— Est-ce une lubie du huitième comte de la lignée ? demanda-t-elle. Antonia m'a parlé de sa nature facétieuse.

— Je n'en sais rien du tout, avoua Dario, mais celui qui a eu cette idée avait une certaine fascination pour le corps féminin, c'est évident.

Josie rougit de nouveau. Seigneur, comme elle se sentait mal à l'aise face au brillantissime comte di Sirena ! A l'évidence, son monde n'était pas le sien. Elle songea à sa coiffure, à ses vêtements, à ses chaussures bon marché : sa mise jurait hors des salles de cours de l'université où elle officiait.

Mais elle n'eut guère le temps de s'attarder sur ces considérations : déjà, la lourde porte en chêne grinçait sur ses gonds. Une domestique les fit entrer dans le hall où trônait une immense cheminée, portant sur son manteau les armoiries des di Sirena. Le lieu était terriblement impressionnant.

— Voici vos bagages, annonça Dario tandis qu'un autre domestique apparaissait, porteur de ses deux valises. Une suite vous a été préparée dans la tour ouest. Ainsi, vous ne serez pas dérangée par les membres du yachting club qui ont passé la nuit dernière à faire la fête ici. Ils ont tous été logés dans l'aile est du *castello*. Suivez-moi, je vous conduis jusqu'à vos appartements.

Avant qu'elle ait pu esquisser un geste, il s'empara de ses deux valises et commença à grimper les marches de l'impressionnant escalier de marbre. Josie eut toutes les peines du monde à le suivre tant il se déplaçait rapidement, malgré sa double charge.

— Vous avez bien d'autres choses à faire que de m'accompagner, j'en suis certaine, comte di Sirena ! protesta-t-elle. Ma présence ne doit vous perturber en aucune façon.

Sans prendre la peine de s'arrêter, il lança par-dessus son épaule :

— Vous êtes la meilleure amie de ma sœur, Josie. Appelez-moi Dario, tout simplement. Je suis vraiment très heureux de vous conduire jusqu'à la suite qui vous a été réservée : ce n'est pas une contrainte pour moi mais un plaisir.

— Etes-vous sûr de la trouver, cette chambre ? demanda-t-elle devant le nombre de portes qui donnaient sur le couloir et se ressemblaient toutes.

— Je parcours ces couloirs depuis ma plus tendre enfance, Josie. Antonia ne vous a donc pas expliqué pourquoi leur sol est si brillant ?

— Non.

— J'avais pour habitude d'attacher des patins à ses chaussures et de la faire glisser le long de ces kilomètres de couloirs. Elle riait alors à en perdre le souffle, même si l'instant d'avant elle était triste ou déprimée.

— Il est difficile d'imaginer quelqu'un d'affligé dans un aussi bel endroit.

Un soupir s'échappa des lèvres du maître des lieux.

— Je sais. Les gens oublient souvent qu'il ne suffit pas d'avoir un bel environnement et beaucoup d'argent pour être heureux.

Josie nota qu'ils étaient parvenus dans la partie la plus ancienne du *castello*. Ils accédèrent, par un escalier en colimaçon, à une suite aménagée sur trois niveaux dans la vieille tour du château, totalement rénovée et modernisée. Le premier niveau comprenait la cuisine et le salon, le deuxième, une chambre et une salle de bains.

— Quant au troisième, expliqua Dario en ouvrant la porte qui y conduisait, je l'ai voulu capable de communier avec le soleil et la voûte céleste.

Ils pénétrèrent dans une vaste salle circulaire aux parois presque intégralement vitrées, ce qui offrait une vue à 360° du paysage alentour. Mais, plus spectaculaire encore, au-dessus de leur tête, une coupole transparente permettait de suivre la course du soleil durant la journée, et de contempler la lune et les étoiles la nuit.

Josie resta muette d'admiration. Quelle impression incroyable ! Féerique ! Cette sensation d'être à l'extérieur. Mais, alors qu'au-dehors sévissait la fournaise de juillet, régnait à l'intérieur une agréable température, régulée par un système de climatisation parfaitement discret.

— Wouaw ! s'exclama-t-elle, dans l'incapacité absolue de trouver d'autre mot pour exprimer son émerveillement.

Elle parcourut la pièce, fascinée par la vue panoramique sur la campagne toscane. Le paysage était nimbé d'une lumière dorée, des cyprès s'élançaient vers le ciel comme autant de points d'exclamation, des vignes s'étendaient à perte de vue, promesses de vins à déguster dans des fêtes somptueuses comme celles organisées par le comte Dario di Sirena dans son *castello* de rêve.

— Attendez de voir tout cela, la nuit ! lança Dario, juste derrière elle. Des myriades d'étoiles, la Voie lactée, la lune… Quand vous levez les yeux, vous découvrirez alors votre insignifiance par rapport à l'immensité de l'univers. Et, puis, plus prosaïquement, vous apercevez les milliers de lumières des véhicules se rendant à Florence ou en revenant. Qui sont ces humains au volant de leur voiture ? Où vont-ils ? S'agit-il de la naissance à venir d'un bébé ou du départ d'un amant ? Il vous sera difficile, au début, de distinguer la maison de Luigi, l'oliveraie d'Enrico, la ferme de Federico, mais cela viendra avec le temps.

Il s'interrompit et son regard se perdit dans le vague. Sa voix vibrait d'émotion quand il reprit :

— Parfois, il m'arrive de passer des heures, ici, à la nuit tombée, en me demandant ce qu'ils font.

Josie restait immobile. Dario se tenait immobile derrière elle, si près que la fragrance de son eau de toilette venait lui titiller les narines. Une onde de chaleur monta de ses reins pour l'envahir tout entière.

« Que m'arrive-t-il ? pensa-t-elle, inquiète soudain. Je suis venue ici pour travailler, je ne dois pas l'oublier. »

Elle se tourna vers lui. Perdu dans ses pensées Dario avait le regard rivé sur le paysage. Puis, sentant sans doute qu'elle le dévisageait, il tourna la tête. Leurs yeux se rencontrèrent. Josie frémit de tout son être.

Comme s'il percevait son trouble, son hôte la gratifia alors d'un sourire qu'elle fut certaine ne jamais pouvoir oublier.

2.

Incapable de résister à l'extraordinaire attraction exercée sur elle par le regard de Dario, Josie se noya dans son océan de velours noir.

Lui vint alors la pensée amère que c'était ainsi que cela avait dû se passer entre son ex et la femme qui avait pris sa place dans son cœur. Quant à elle, jamais elle ne se permettrait de flirter avec un homme qui, certainement, avait déjà une femme dans sa vie. Cette conduite n'était pas dans sa nature, tout simplement.

Après un temps qui lui parut durer une éternité, elle recouvra ses esprits et entreprit de faire le tour de la suite. Mieux valait s'éloigner de Dario.

— C'est superbe, mais c'est bien au-delà de mes moyens, argua-t-elle. N'avez-vous pas une chambre plus… modeste ?

L'air d'abord surpris, le propriétaire des lieux éclata de rire.

— Le *castello* n'est pas un hôtel, Josie. Je l'ai dit à Antonia et le répète : vous n'aurez rien à payer pour votre séjour ici. Vous serez mon invitée, aussi longtemps que vous le désirerez. J'espère que le message vous a été transmis.

— Il l'a été, en effet. Mais j'ai pour habitude de payer mes séjours.

— J'ai reçu les fonds de votre université destinés à prendre en charge les fouilles que vous allez entreprendre.

J'en ai fait bénéficier l'hôpital de la ville. Ces fonds ne comprenaient pas vos frais de séjour mais, je le répète une fois encore, vous êtes mon invitée.

Après un instant d'hésitation, Josie finit par s'incliner.

— Merci Dario. Cette pièce sera parfaite pour entreposer les objets trouvés dans les fouilles.

Après une pause, elle ajouta :

— Comme cette tour se situe loin de l'endroit où logent généralement vos invités, nous pourrons ainsi vaquer chacun à nos occupations sans nous gêner.

Dario sourit, amusé. La mise au point était évidente : la jeune archéologue anglaise désirait être seule durant son séjour. Il se dirigea lentement vers la porte puis, au moment de la franchir, se retourna vers elle :

— De quoi avez-vous peur, Josie ?

— Je… je ne comprends pas…

— Ce besoin que vous avez de mettre de la distance entre nous. Je me doute qu'il n'est pas étranger aux histoires que vous a racontées Antonia ou de ce que vous avez pu lire à mon propos dans la presse à scandale. Je ne nierai pas que je rencontre un certain succès auprès de la gent féminine. Mais je tiens à vous rassurer : en temps que meilleure amie de ma sœur, vous êtes parfaitement en sécurité sous mon toit.

— Quiconque tenterait de flirter avec moi recevrait une fin de non-recevoir, Dario. Ce n'est pas le but de mon séjour ici. Que ce soit bien clair : je suis venue pour travailler et non pour m'amuser.

— Je comprends tout à fait cela. Surtout après ce qui est arrivé à Antonia.

— Et après ce qui m'est arrivé également.

Les yeux de Dario lancèrent des éclairs.

— L'ignoble Rick aurait-il aussi exercé son charme sur vous ?

— Non. Mais je pensais qu'Antonia vous avait raconté…

A l'évidence, son amie avait fait preuve de la plus totale discrétion. Josie éprouva le besoin de s'expliquer.

— Il se trouve que j'ai moi-même vécu une épreuve similaire quelque temps avant que cela n'arrive à Antonia. Je savais que cette histoire avec Rick aurait une issue désastreuse. J'ai essayé de mettre Antonia en garde. En vain.

— Et vous êtes néanmoins restées amies ? interrogea Dario, l'air surpris.

— Oui.

— Elle doit vous aimer beaucoup en ce cas. En règle générale, Antonia déteste qu'on lui donne des conseils.

— Je sais, mais je n'avais pas le choix. La voir gâcher ses études pour un homme qui n'en valait pas la peine m'était insupportable.

— Antonia a souffert, c'est vrai. Heureusement, son petit Fabio est un ange et lui apporte beaucoup de bonheur.

Après quelques secondes de silence, il ajouta :

— Je suis moi-même souvent sollicité par des croqueuses de diamants.

— Je n'en doute pas une seconde. Ne craignez rien : je suis seulement intéressée par la découverte de trésors cachés laissés par le passé. Mais, attention, si vous avez des squelettes dans vos placards, il se pourrait que je les découvre !

Comme il ne réagissait pas à sa boutade, elle chercha son regard. Et fut surprise de ce qu'elle y décela : de la tristesse. Cela ne dura que quelques secondes. Et soudain, Dario affichait de nouveau une parfaite maîtrise de lui-même. Mais cela ne trompa pas Josie. Elle aussi avait appris à ne rien laisser filtrer de ses émotions. Mais elle n'avait aucun doute que ses mots avaient touché Dario.

Que cachait-il qui pouvait le rendre si triste ?

« Je n'ai pas à le savoir ! » se morigéna vertement Josie. La vie intime de son hôte ne la concernait en aucune façon.

Cette fois, Dario franchit la porte.

— Au revoir, Josie, lança-t-il depuis le seuil de la pièce. J'espère que vous allez apprécier votre séjour ici.

— J'en suis certaine, surtout quand Antonia et Fabio vont nous rejoindre, la semaine prochaine.

— Si vous souhaitez leur rendre visite à Rimini, je suis prêt à mettre une limousine à votre disposition, proposa Dario.

— Non, merci. Je préfère me mettre au travail plutôt que de subir les conversations des amis d'Antonia sur des sujets qui ne présentent aucun intérêt pour moi.

— Vous êtes une personne très rare.

— Je m'efforce, simplement, de me montrer honnête en toutes circonstances.

— Une qualité qui devient de plus en plus inhabituelle chez les personnes que je côtoie.

— Mon métier d'archéologue m'oblige à une certaine rigueur. J'en ai pris l'habitude et elle me convient.

Dario sourit.

— Je tâcherai de ne pas l'oublier, promit-il avant de prendre congé.

Une fois seul dans le couloir, il resta un moment derrière la porte fermée. A l'évidence, le Dr Joséphine Street n'était pas du genre commode. Il lui faudrait un miracle pour la faire baisser sa garde. Ce qui aiguisait d'autant la curiosité de Dario : qu'éprouverait-il à la voir sans son armure, abandonnée et offerte ?

Josie piaffait d'impatience de pouvoir explorer le domaine et se mettre enfin au travail. Elle défit ses bagages et rangea ses affaires aussi vite qu'elle put afin de se mettre à l'œuvre sans plus tarder. Cela fait, elle prit une douche dans la somptueuse salle de bains. Comment résister à cette tentation après un si long voyage et, surtout, l'exposition au soleil toscan ?

Elle avait fini de visiter les trois étages de sa suite quand plusieurs bruits de moteur l'avertirent que les voitures des invités de Dario se rassemblaient dans la cour. Elle s'approcha de la fenêtre. Le spectacle des luxueuses limousines et voitures de sport se mettant en rang, prêtes à quitter les lieux, la fascina malgré elle. Elle passa plus de temps qu'elle ne l'aurait voulu à contempler ce drôle de ballet, les coudes appuyés au rebord de la fenêtre. Quand, brusquement, Dario apparut dans son champ de vision, elle recula vivement, se dissimulant à sa vue. Un pur réflexe. Ne lui avait-elle pas affirmé avec force qu'elle était là pour travailler ? De quoi aurait-elle l'air, s'il la surprenait bouche bée devant un défilé d'automobiles, aussi prestigieuses soient-elles.

Pourtant, d'habitude, il n'y avait que le travail pour capter son attention aussi fortement. Antonia se moquait souvent d'elle à ce propos. Personne, affirmait-elle en riant, ne l'avait jamais surprise en train de prendre du bon temps. Si Josie n'était pas certaine d'apprécier ce portrait que faisait d'elle la pétulante Italienne, elle devait reconnaître qu'il ne manquait pas de vérité. Mais quand bien même elle l'aurait voulu, avec ce qui l'attendait ces quinze prochains jours, elle n'était pas près de s'autoriser le moindre divertissement. Il fallait ouvrir un chantier de fouilles et en rassembler les résultats pour agrémenter ses cours avant la rentrée universitaire.

L'Italie et son histoire la fascinaient depuis l'enfance. Un jour, en creusant dans son jardin comme elle avait pris l'habitude de le faire, elle avait trouvé ce qui s'était révélé être un morceau de bijou romain datant de deux mille ans. Cette découverte avait enflammé son imaginaire. Son professeur d'histoire de l'époque, qui lui avait décelé des aptitudes pour l'archéologie, l'avait aussitôt encouragée à entretenir sa passion.

Dix ans plus tard, elle se retrouvait en Italie, en quête

d'objets de l'Antiquité romaine, espérant éveiller à son tour des vocations chez ses futurs étudiants. Ainsi, consciente de la chance qui lui avait été donnée d'étudier, Josie tenait plus que tout à sa mission d'enseignante. Quelle meilleure façon avait-elle de prouver sa gratitude envers sa mère qui avait tant fait pour elle ?

Se laisser distraire par le séduisant comte di Sirena n'était donc pas au programme. Sauf qu'elle ne pouvait se détourner de la fenêtre, comme si l'élégante silhouette de Dario, dans la cour en contrebas, l'attirait irrésistiblement. Il avait troqué sa tenue de tennis pour un jodhpur couleur taupe, une chemise grège et une paire de bottines en cuir marron.

Tout à coup, elle se demanda si tout cela était bien réel. Elle se trouvait en Italie, dans un château à faire pâlir d'envie la reine d'Angleterre et, depuis sa suite, digne d'une princesse des *Mille et Une Nuits*, elle observait l'homme le plus séduisant du monde. Il marchait à grands pas et, bientôt, allait disparaître à sa vue quand, soudain, il s'arrêta, se retourna et porta délibérément son regard vers la fenêtre derrière laquelle elle se tenait. Elle se figea, tétanisée. Puis, sans qu'elle puisse rien faire pour l'empêcher, sa main se leva pour faire un signe amical à Dario.

Oh non… Seigneur !

Elle pouvait sans peine imaginer le soupir extatique qui aurait échappé à sa mère devant une scène aussi romanesque. Les yeux humides, elle n'aurait alors pas manqué de lui raconter, pour la énième fois, comment elle avait rencontré son père. Josie ne voulait plus entendre cette histoire. Cet homme que sa mère disait « exceptionnel » les avait lâchement abandonnées toutes deux peu après sa naissance. Plus tard, en âge d'aimer, Josie avait elle-même subi la trahison masculine. Les hommes étaient tous les mêmes. Aucun ne méritait qu'on lui fasse confiance. Et Dario, certainement pas plus que les autres.

Il demeura un long moment la tête levée vers elle ; puis il lui fit un signe à son tour, avant de disparaître derrière le bouquet d'arbres, en direction des écuries.

Josie s'éloigna alors de la fenêtre. Elle rangea soigneusement son carnet de notes et son appareil photo dans son sac à dos. Trêve de rêveries ! Elle était là pour travailler. Le chantier qui l'attendait était gigantesque et elle ne possédait que peu de temps pour le mener à bien. Elle avait une réputation à bâtir. Succomber au charme du trop séduisant comte Dario di Sirena ne pourrait conduire qu'à une nouvelle désillusion.

Son sac à l'épaule, Josie rejoignit le hall où elle parvint à se fournir un plan du *castello* auprès d'un domestique qui passait par là. Elle sortit de nouveau sous le soleil et s'éloigna dans la direction opposée à celle prise par Dario.

De sa fenêtre, elle avait repéré deux ouvriers travaillant sur le mur d'enceinte. Par expérience, elle savait ce type de bâti riche d'enseignements. Tout au long de l'Histoire, des hommes en avaient construit, escaladé, attaqué, détruit, reconstruit, laissant au passage de nombreux marqueurs de leur époque.

Elle marcha d'un bon pas au milieu des oliviers et des citronniers en direction de l'endroit repéré, mais, bien vite, la chaleur accablante modéra son ardeur. Comment trouver l'énergie de travailler sous ce climat, si différent de celui de l'Angleterre ? Ici, tout semblait inciter au farniente. Les cigales chantaient en chœur, comme pour se moquer de la laborieuse fourmi qu'elle était.

Elle avait presque bu la totalité de sa bouteille d'eau avant même d'avoir atteint le mur autour duquel elle avait vu s'activer les deux ouvriers. L'un d'eux avait déjà plié bagage, sans doute pressé de rejoindre sa maison pour le dîner ; l'autre se préparait à l'imiter. Par chance, ce dernier se montra bavard et lui raconta de nombreuses histoires.

Josie l'écoutait religieusement, tout en prenant des notes, lorsque le bruit du galop d'un cheval lui parvint ; le sol tremblait sous ses pieds à mesure que la cavalcade se rapprochait.

Elle se retourna. Monté sur un magnifique étalon, Dario approchait. Elle se composa une mine impassible, tentant de dissimuler son émoi. Elle aurait voulu l'accueillir avec un trait d'esprit. Hélas, le cœur battant à tout rompre et la bouche soudain desséchée, elle ne put prononcer un mot.

— On dirait que je dérange ! se plaignit-il.

— Oh… désolée ! J'étais si passionnée par ce que me racontait Giacomo que votre arrivée m'a désorientée.

— Je vois.

Dario échangea quelques mots en italien avec son ouvrier.

— Ainsi, vous êtes intéressée par l'histoire de ce mur ? lança-t-il en se tournant de nouveau vers elle.

— Oui. Auriez-vous quelque chose à m'apprendre ?

— Je crains que non ! conclut-il après un bref moment d'hésitation. Je pensais que vous auriez besoin d'un traducteur, mais ce n'est visiblement pas le cas.

— Fréquenter Antonia m'a permis de me familiariser avec votre langue, et il se trouve que je travaille mieux lorsque rien ne distrait mon attention.

Josie s'interrompit, soudain consciente de l'impolitesse de ses propos.

— Euh… je voulais dire…, bafouilla-t-elle.

— … que vous n'avez pas besoin de moi. Quel dommage ! Je m'apprêtais à vous demander l'autorisation de vous regarder travailler. Mes habituels visiteurs ne viennent ici que pour s'amuser.

Josie faillit s'étrangler. Travailler sous le regard de

Dario n'était pas envisageable. Il n'y aurait pas mieux pour détourner son attention de la tâche à accomplir.

— Me regarder travailler ne serait pas une bonne idée, Dario, rétorqua-t-elle d'une voix ferme. Actuellement, je suis dans une phase fort peu intéressante, celle de la prise de notes, qui me servira à structurer mes recherches. Une besogne très intellectuelle et pas concrète du tout. Vous risquez sérieusement de vous ennuyer.

La lueur amusée qui s'alluma alors au fond des prunelles sombres indiqua clairement à Josie que Dario n'était pas dupe de la raison de son refus.

— Bien. De toute façon, je dois me rendre au village, derrière la colline. Je vous laisse donc à votre travail… pour le moment !

Il fit pivoter son cheval avec autorité et reprit :

— Vous avez fait un long voyage afin de vous inté-resser au passé de mon *castello*, Josie. Cela me touche profondément. Je vous promets de me mettre en quête de tous ceux qui pourront vous aider dans votre tâche. Mais n'hésitez pas à venir vers moi quand vous voudrez visiter les lieux. Pour cela, je suis le meilleur guide qui soit.

Il accompagna cette proposition d'un sourire ravageur. Josie se sentit chavirer, le corps entier traversé de frissons. Une manifestation de faiblesse qui la mit en colère contre elle-même. Ces choses-là arrivaient aux autres femmes, pas à elle ! Son visage dut trahir ses émotions car Dario fronça les sourcils.

— Quelque chose ne va pas ?

— Non, non, tout va bien ! En vérité, j'ai du mal à m'habituer à la température. En Angleterre, il fait bien moins chaud. J'avoue que c'est perturbant.

— Je manque à tous mes devoirs, répartit Dario, la mine préoccupée. J'aurais déjà dû vous avertir qu'à cette saison de l'année le soleil est particulièrement féroce en Toscane. Protégez-vous.

Il mata l'impatience soudaine de son cheval, qui piaffait, en resserrant sa prise sur les rênes.

— Mettez-vous à l'ombre le plus souvent possible, ajouta-t-il d'une voix plus ferme, plus autoritaire. Portez un chapeau. Je n'aimerais pas que vous attrapiez une insolation.

Sur ces recommandations, il leva une main en guise de salut et tourna la bride. Josie garda le regard fixé sur la monture et son cavalier jusqu'à ce qu'ils disparaissent de sa vue. Elle mit un moment avant de s'aviser que Giacomo était toujours là, à la regarder, visiblement amusé. Rouge de confusion, Josie bafouilla quelques mots d'excuse Et reprit leur conversation sans grand enthousiasme. Soudain, les détails du mur ne l'intéressaient plus…

Dario ajusta ses boutons de manchette en or, contrarié. Jusqu'à cet après-midi, il avait été ravi de la perspective du dîner auquel il s'apprêtait à se rendre. Or, à présent, cela ne lui disait plus rien. Et il savait d'où provenait ce malaise : Joséphine Street.

Toute la journée, l'image de la jolie Anglaise l'avait obsédé. Il comprenait désormais l'attachement de sa sœur à la jeune archéologue. Indéniablement, Josie possédait un charme très personnel. Elle était très différente des femmes qu'il côtoyait habituellement. Il était si facile de la faire rougir ! Pas une seconde elle n'avait cherché à se mettre en valeur. Elle était une vraie bouffée d'air pour quelqu'un qui, comme lui, évoluait dans un monde d'hypocrisie et de faux-semblants.

Une chose était certaine : elle se passionnait pour son travail. Sa conversation avec Giacomo le lui avait prouvé, si besoin était. De loin, il avait vu l'ampleur de ses gestes et en avait déduit qu'elle avait besoin d'un traducteur. Comme il s'était trompé ! En se rapprochant d'elle, il avait perçu son enthousiasme et sa parfaite maîtrise de l'italien. Le malaise provoqué par son arrivée ne lui avait pas non plus échappé. A l'évidence, il l'avait dérangée.

L'espace d'un instant, l'image d'Arietta surgit dans sa mémoire. Il s'efforça de la faire disparaître. Il avait vécu sans Arietta pendant deux longues années. Cependant, sa perte tragique le faisait toujours cruellement souffrir — et sans doute en serait-il ainsi pour le restant de sa vie.

Il se préparait à enfiler sa veste quand il entendit un bruit de pas précipités sur le pavé. Il gagna prestement la fenêtre : Josie traversait la cour. Aussitôt, il sortit sur son balcon.

— Où allez-vous si vite, docteur ? l'interpella-t-il. Puis-je vous être utile ?

La jeune femme s'arrêta et ses outils s'échappèrent de ses bras. Truelles, brosses et pinceaux tombèrent bruyamment sur le sol.

— Non, merci…

Josie, terriblement embarrassée, songea que dans cette salopette de travail, qui avait connu des jours meilleurs, elle devait paraître particulièrement pitoyable.

— Je retourne sur mon champ de fouilles, précisa-t-elle. La température est devenue plus supportable en ce début de soirée. Ne vous dérangez pas pour moi. Je me débrouille très bien toute seule.

Sourd à sa demande, Dario quitta précipitamment le balcon et rejoignit la cour sans tarder. Mais, à sa totale déception, Josie n'était plus là. Quelques minutes plus tard, traversant le domaine au volant de sa voiture, il la chercha des yeux. Il l'aperçut enfin, en plein travail, auprès du mur d'enceinte. Ils se saluèrent mutuellement de la main.

Durant tout le trajet, l'image de la jeune Anglaise lui rendant timidement son salut l'obséda. Sans qu'il s'explique pourquoi.

Cette vision ne cessa de le tourmenter au cours de la soirée, malgré l'attention que lui portaient les ravissantes créatures qui se trouvaient là. Contrairement à Josie, elles portaient les vêtements les plus chic, achetés à Milan, Paris ou New York. Tel était le traitement usuel dont bénéficiait le comte Dario di Sirena, où qu'il aille et quoi qu'il fasse. Une routine qui le faisait mourir d'ennui.

Parfois, il lui arrivait de profiter des charmes de l'une de ces créatures mais, ce soir, le cœur n'y était pas. Soudain, il se demanda quel type de robe aurait pu porter Josie. Ses yeux parcoururent l'assemblée. L'espace d'un instant, il imagina la jeune femme dans une robe de satin vert de la couleur de ses yeux, ou noir, comme sa chevelure. L'effet produit par cette image fut immédiat et le sortit brusquement de sa léthargie.

Comme le serveur se matérialisait à son côté, une bouteille de champagne à la main, une idée lui vint à l'esprit. Il refusa la flûte qui lui était tendue et décida tout de go de rentrer. Dans sa cave, au *castello*, se trouvaient des bouteilles d'un excellent millésime.

Josie allait apprécier un ou deux verres de ce fabuleux breuvage pour fêter son arrivée au *castello*, il en était certain.

S'excusant auprès de son hôtesse, il quitta aussitôt les lieux.

A la nuit tombante, Josie était si épuisée qu'elle pouvait à peine mettre un pied devant l'autre ; mais son bonheur était total. Seule, elle avait pu s'absorber totalement dans son travail de fouilles ce qui, pour elle, était la meilleure façon d'employer son temps. Toutefois, malgré ses efforts, le beau visage de Dario était venu, à maintes reprises, troubler ses pensées. Elle avait sérieusement besoin de repos.

Avec un plaisir inouï, elle se glissa dans son lit, non sans avoir réglé l'alarme du réveil pour le lendemain, à l'aube. Elle devait se mettre au travail avant le lever du soleil. La dernière chose qu'elle entendit avant de sombrer dans un sommeil profond fut le vrombissement du puissant moteur d'une voiture pénétrant dans la cour. Elle eut une pensée pour la pièce du haut, d'où on pouvait contempler tout à loisir la voûte étoilée.

Elle s'imagina le faire en compagnie de Dario…

Et tandis que le bruit de moteur s'arrêtait, elle se laissa glisser dans les bras de Morphée.

Dario sauta prestement hors de son coupé et leva les yeux vers la tour ouest. Elle était dans l'obscurité la plus totale. Ce fut un choc. Mais, peut-être Josie avait-elle tout simplement éteint la lumière afin de savourer pleinement la vue panoramique depuis le troisième niveau, comme il le lui avait suggéré. Son cœur se mit à battre plus vite à l'idée de partager le somptueux spectacle avec elle. Il descendit à la cave, choisit une bouteille de son meilleur champagne, deux coupes, puis grimpa quatre à quatre l'escalier qui conduisait à la suite occupée par la jeune archéologue.

Il frappa à la porte, mais n'obtint aucune réponse.

Déçu, il écrivit un mot et le déposa avec la bouteille au pied de la porte. Après tout, il n'y avait aucune raison que Josie ne reçoive pas le même traitement que tous les invités du *castello*. Dommage qu'il ne puisse savourer l'excellent breuvage en sa compagnie.

Il aurait donné cher pour inciter Josie à quitter son attitude rigide et réservée pour se laisser enfin aller à éprouver du plaisir. Le fait qu'il soit allé jusqu'à quitter le dîner auquel il avait été convié ce soir le lui prouvait. Que se passait-il ?

La réponse lui vint aussitôt, lui arrachant un sourire en coin : la résistance de Josie à son charme naturel représentait un nouveau défi à relever. Quelles qu'en soient les raisons, il aurait toutes les difficultés du monde à chasser son image de son esprit, il en était persuadé.

Une invitation à déjeuner ne pourrait-elle remédier à cette insupportable frustration ? Son sourire s'élargit. C'était une excellente idée. Le Dr Joséphine Street était bien trop polie pour refuser.

Il quitta la tour, ragaillardi. La perspective de se servir de l'éducation guindée de la jeune Anglaise pour la séduire ne manquait pas de piment…

3.

Le réveil sonna avant même la première lueur de l'aube. Josie laissa échapper une plainte. La tentation de dormir encore deux heures de plus était grande. Mais ses fouilles sur le domaine des di Sirena l'attendaient et elle ne pouvait résister à cet appel. Elle se prépara en un clin d'œil et ouvrit la porte de sa suite, prête à s'élancer dans le couloir. Elle évita de justesse une bouteille de champagne qui se trouvait là.

« Sans doute un vestige de la folle nuit de fête de Dario ! », pensa-t-elle, les lèvres pincées.

Du pied, elle poussa la bouteille sur le côté et poursuivit son chemin. Elle n'aimait pas boire. Pas plus qu'elle n'aimait faire la fête d'ailleurs.

Lorsqu'elle quitta la tour à la pointe du jour, l'air était encore frais.

Durant les heures suivantes, elle parcourut le domaine et ne tarda pas à regretter de ne pas s'être munie d'un chapeau. Elle utilisa l'ombre des arbres aussi souvent que possible. Le soleil lui semblait aussi brûlant que de l'or liquide.

Au début, son travail l'absorbait totalement. Mais, peu à peu, elle prit conscience d'un fait troublant : où qu'elle se rende, Dario se trouvait à proximité. A un moment, elle aperçut son cheval attaché à un olivier derrière le vieux moulin à huile ; plus tard, alors qu'elle grimpait la colline, elle le vit galoper dans le lointain. Il ne devait s'agir que de pures coïncidences, mais l'idée que lui et elle soient en parfaite symbiose lui traversa l'esprit. Et cette pensée la troubla plus que de raison.

Une promenade à cheval avait toujours procuré à Dario le calme nécessaire à la réflexion. Et Dieu sait qu'il en avait besoin !

L'image de Josie l'observant silencieusement depuis sa fenêtre, puis lui faisant un signe amical alors qu'il quittait le *castello*, ne cessait de s'insinuer sournoisement dans son esprit. Pourtant, sa promenade ne lui apportait pas l'apaisement espéré, bien au contraire. Quel que soit l'endroit où il se rendait avec Ferrari, son étalon favori, elle s'y trouvait. Il aurait pu en déduire qu'elle le suivait mais, semblant lire dans ses pensées et anticiper tous ses mouvements, la jeune femme arrivait sur les lieux avant lui. Possédait-elle quelque don extraordinaire ? Bien sûr que non, il ne s'agissait que de pures coïncidences. Décidément, Josie produisait un curieux effet sur lui !

Les cheveux sagement attachés en queue-de-cheval, chaussée de solides bottes, elle offrait au regard l'image d'une femme totalement impliquée dans son travail. Cela la rendait unique aux yeux de Dario. Depuis leur rencontre, ils n'avaient échangé que quelques mots. Elle ne s'exprimait que lorsqu'elle avait des choses intéressantes à dire. Ses conversations étaient fort différentes de celles dont on l'abreuvait habituellement dans les soirées mondaines. La jeune archéologue ne cherchait visiblement pas à plaire. Elle semblait si calme, si équilibrée, si… vraie !

Etait-ce pour cela qu'elle le déstabilisait autant ?

Dario secoua la tête et se dit qu'il était temps pour lui de reprendre la situation en main.

Le soleil cognait dur à présent. Pour s'en protéger un peu, Josie gagna un bosquet ombragé, assez loin du *castello*. Quand elle aperçut une étendue d'eau scintiller à travers les feuillages, elle gagna cette source de fraîcheur inespérée. Comme ses yeux s'habituaient à la soudaine pénombre régnant sous les arbres, une voix parvint à ses oreilles :

— Hello, Josie !

Après avoir attaché Ferrari à un arbre, Dario s'était assis contre un tronc, persuadé que son invitée ne tarderait pas à être attirée, comme lui, par cet îlot de verdure. Il s'était muni d'un chapeau de paille qu'il tenait à la main.

— Vous m'avez fait peur ! protesta la jeune femme, portant les mains à sa poitrine.

— Telle n'était pas mon intention ! riposta-t-il. Ma préoccupation était plutôt de vous protéger. Vous n'avez tenu aucun compte de mes conseils au sujet d'une éventuelle insolation. Je me devais de vous les rappeler.

— Toute la matinée, vous êtes apparu partout où je me trouvais ! rétorqua-t-elle, suspicieuse.

— Je pourrais vous retourner le constat. Partout où je me rendais, vous m'y aviez précédé. Tête nue. J'ai demandé à mes domestiques de me trouver un chapeau appartenant à Antonia afin de vous l'apporter. Elle n'y verra aucun inconvénient, j'en suis certain. Je serais vraiment très fâché si vous refusiez de le prendre, comme vous l'avez fait avec la bouteille de champagne que j'avais laissée devant votre porte.

Dario se leva et s'avança vers elle. Josie, paralysée, vibra de tout son être. L'espace d'un instant, l'image d'un félin se dirigeant vers sa proie surgit dans son esprit.

— Vous-même ne portez pas de chapeau ! réussit-elle à articuler.

— Je suis habitué au soleil. Mais vous avez raison, l'expérience dans ce domaine ne suffit pas. Je recherche l'ombre aussi souvent que possible, pour mon bien et celui de Ferrari. Je parcours ces collines depuis mon enfance et j'en connais toutes les ressources. Par exemple, savez-vous que cette étendue d'eau recèle un secret ? On nous regarde…

Il s'empara de sa main et l'attira vers le bord de l'eau.

— Dans notre enfance, Antonia adorait se faire peur avec le monstre qui sommeille, caché sous ce lit de verdure…

Il lui indiqua la cascade que l'on devinait à travers les fourrés.

— Elle me suppliait d'écarter les feuillages, puis s'enfuyait en hurlant lorsque je m'exécutais.

Josie observa l'eau jaillir de derrière l'épais rideau de fougères et de lierre. Elle s'écoulait sur une enfilade de pierres plates avant de rejoindre la mare miroitante.

— Je ne vois rien d'effrayant, affirma-t-elle.

Il rit.

— Parce que vous n'avez plus six ans. A cet âge-là, un visage grimaçant taillé dans la pierre peut vous flanquer une sacrée frousse. Une légende prétend qu'il s'agit d'une sculpture étrusque ; mais l'experte que vous êtes va être capable de la dater très exactement.

Dario vit aussitôt une lueur s'allumer dans les yeux verts de l'archéologue.

— Ah ! Là, vous m'intéressez au plus haut point !

— J'en étais sûr ! Alors, que décidez-vous ? Oserez-vous vous tenir près de moi lorsque je vais la découvrir ?

Josie ne répondit pas, se contentant d'examiner la cascade de loin. C'était en fait une fontaine, manifestement très ancienne — elle pouvait le deviner malgré l'épais tapis de verdure qui la recouvrait. Mais les rochers qui auraient permis de s'en approcher lui parurent extrêmement glissants.

Pourtant, Dario les emprunta sans hésitation.

— J'y vais le premier, annonça-t-il. Vous n'aurez qu'à me suivre si le cœur vous en dit.

Josie lui emboîta le pas avec moult précautions. La peur de paraître timorée aux yeux de Dario s'était révélée plus forte que celle d'affronter l'eau. Comme elle l'avait supposé, les pierres étaient traîtresses. Alors qu'elle posait, prudemment pourtant, son pied sur l'une d'elles, elle glissa et perdit l'équilibre en poussant un cri de détresse. Aussitôt, Dario l'aida à se rétablir.

— Merci, grommela-t-elle.

D'un geste brusque, elle se dégagea de l'étreinte de son sauveur.

— Lâchez-moi ! ordonna-t-elle d'une voix ferme. Tout va bien.

— Vous êtes sûre ?

— Tout à fait sûre. Je suis désolée : l'eau n'a jamais été mon élément favori.

— Vraiment ? Et moi qui pensais vous voir souvent à la piscine du *castello*.

— Pas si je peux l'éviter.

— Quel dommage !

— Ma peur de l'eau n'est pas un sujet très intéressant, répliqua-t-elle, agacée. Pouvons-nous enfin voir cette fameuse sculpture ?

Dario sourit.

— Quelle impatience ! En tant qu'enseignante, vous devriez savoir que rien de précieux ne s'obtient sans effort.

— Le bénéfice d'un comportement studieux n'est cependant pas toujours assuré.

Les mots étaient tombés de ses lèvres sans qu'elle prenne le temps de réfléchir. Dario la regarda, les sourcils en arc de cercle.

— Que voulez-vous dire ?

Josie maudit son manque de *self-control*, qu'elle attribua à l'attraction qu'exerçait sur elle le vestige étrusque. Mais elle en avait trop dit. Dario attendait sa réponse.

Elle haussa les épaules, fataliste.

— Durant mes études d'archéologie, je me suis montrée très studieuse et peu disponible. Mon petit ami n'a pas tardé à trouver quelqu'un d'autre pour l'aider à classer ses découvertes. Vous voyez ce que je veux dire…

Elle s'attendait à ce qu'il rie. Il ne le fit pas. Son regard sur elle s'intensifia.

— Cet homme s'est comporté comme un idiot. Il ne connaissait pas sa chance de vous avoir.

Puis, comme si ce compliment était tout naturel, il se rapprocha de la fontaine.

— Attention, lança-t-il, vous êtes prête ?

De ses mains, il écarta le rideau de verdure.

— Que pensez-vous de cela ?

— Wouaw ! s'écria-t-elle.

Totalement fascinée, Josie découvrit la bouche d'un masque hideux et grimaçant, taillé dans la pierre d'où jaillissait l'eau. Elle comprit alors la peur d'Antonia quand, encore un enfant, elle l'apercevait.

C'est le moment que choisit une grenouille, mécontente sans doute d'être ainsi dérangée dans son refuge, pour jaillir des feuillages et bondir vers elle. Josie hurla de saisissement. Elle glissa sur les pierres humides et tomba dans la mare dans un grand éclaboussement.

Mais avant même qu'elle comprenne ce qui lui était arrivé, deux bras puissants avaient enserré sa taille et elle se retrouva bientôt debout, la poitrine écrasée contre des pectoraux puissants. Elle perçut alors le fou rire qui secouait Dario, en même temps que la fermeté de ses muscles. Elle aurait dû lutter, le repousser, mais n'en éprouvait ni le désir ni la force.

L'espace d'un instant, un silence total régna dans la clairière. On devait entendre les battements affolés de son cœur. C'était si excitant, si délicieusement primitif ! Le séduisant visage du comte di Sirena se trouvait tout près du sien. Ses yeux se fermèrent et ses lèvres s'entrouvrirent alors, dans l'attente d'un contact qui ne manquerait pas de se produire.

Brusquement, le souvenir de l'affreuse trahison vécue dans le passé lui revint à la mémoire. Non, plus jamais ça ! Plus de baisers, plus de flirts, plus de souffrances ! Prise de panique, Josie se débattit vigoureusement, faisant jaillir des gerbes d'eau autour d'eux.

— Par pitié, arrêtez ! la supplia Dario, interloqué. Vous voulez nous faire tomber ?

Elle s'arrêta, rouge de confusion.

— Je suis désolée…

Jamais jusqu'à ce jour elle n'avait ressenti une telle émotion dans les bras d'un homme. Dire qu'elle avait failli lui quémander un baiser… Seigneur, il s'en était fallu de peu qu'elle n'ôte cette cuirasse patiemment construite après la trahison dont elle avait été l'objet !

Sans plus attendre, elle s'éloigna de Dario et sortit de l'eau.

— Vous devez faire plus attention où vous mettez les pieds, Josie ! lança-t-il

— Je sais. Habituellement, c'est ce que je fais, mais cette grenouille… Je ferai très attention la prochaine fois, je vous le promets.

Dario ne parvenait pas à détourner les yeux du corps de Josie, souligné par ses vêtements trempés qui en révélaient les formes harmonieuses. La jeune archéologue l'intriguait, le fascinait. Bien peu de femmes s'étaient débattues pour s'arracher à son étreinte. L'espace d'un instant, il avait cru qu'elle sollicitait un baiser. Cela n'avait duré que quelques secondes. Les cheveux dégoulinants, la poitrine moulée dans sa chemise trempée, elle était d'une sensualité débordante.

Visiblement gênée par le regard qu'il fixait sur elle, Josie se détourna et s'éloigna le plus loin possible, tentant désespérément d'essuyer l'eau qui coulait de ses cheveux sur son visage.

— S'il vous plaît, cessez de me regarder ainsi !

— Auriez-vous des yeux derrière la tête ?

— Je sais quand vous me regardez. Je le *sens*…

— Ah ! Ainsi vous êtes consciente d'attirer les regards masculins.

— Arrêtez, je vous en prie ! Je ne suis pas là pour flirter, mais pour travailler. Je dois photographier cette pierre sculptée. Vous voulez vous rendre utile ? Alors dites-moi s'il existe d'autres trésors de ce style à proximité.

Tout en parlant, elle sortait son appareil photo de son sac à dos.

— La sculpture ne va pas s'envoler. Vous devriez plutôt venir près de moi vous sécher au soleil.

En se retournant, Josie vit la silhouette masculine de Dario se détacher dans la lumière. Il était sorti de l'eau, avait ôté sa chemise et l'essorait.

— J'aurais dû prévoir une serviette ; mais lorsque l'idée m'est venue de vous inviter à déjeuner, j'ignorais que nous en aurions besoin.

— M'inviter à déjeuner ?

— Je ne pouvais décemment vous rejoindre à cette heure de la journée, dans cet endroit sublime, sans prévoir de quoi nous restaurer.

Elle voulut protester mais se ravisa, réduite au silence par son trop séduisant sourire.

* *
*

Tenir Josie dans ses bras avait déclenché une myriade d'émotions chez Dario. Désormais, une idée fixe l'habitait : ce lieu hors du temps et infiniment romantique était idéal pour tester sur elle son pouvoir de séduction.

Il l'avait précédée dans cet endroit. A cette heure de la journée, les pas de la jeune femme devaient immanquablement l'y conduire afin d'échapper aux ardeurs du soleil. Mais pas une seconde il n'avait imaginé qu'elle se retrouverait serrée contre lui, ses vêtements mouillés collés à sa peau ! Si elle ne l'avait repoussé, il lui aurait fait l'amour, là, sur l'herbe de la clairière.

Tandis que Dario ôtait le panier de pique-nique accroché à la selle de son cheval, Josie l'observa, captivée. Ainsi, il avait prévu cette rencontre et fait préparer un repas. Il s'approcha d'elle.

— Mais ma parole, vous frissonnez ! s'exclama-t-il.

Il souleva le couvercle du panier et en retira une nappe de coton, dont il lui entoura aussitôt les épaules. Elle recula aussitôt comme mordue par un serpent.

— Merci, je vais me débrouiller seule, l'assura-t-elle en s'enveloppant dans le tissu.

Il haussa les épaules.

— Comme vous voulez. Je suggère que nous nous installions dans un coin à mi-ombre, mi-soleil.

S'emparant du panier pique-nique, il trouva l'endroit idéal. Elle le suivit, s'efforçant de se maintenir à une certaine distance. Dario sourit pour lui-même. Il avait toujours su deviner quand une femme était prête à se donner à lui. Avec Josie, il suffisait d'attendre que cela se produise. Il s'assit dans l'herbe et ouvrit le panier. Son appareil photo toujours à la main, elle hésitait visiblement à prendre place près de lui.

— Ecoutez, cette pierre sculptée si précieuse à vos yeux est là depuis des siècles. Elle ne va pas disparaître brusquement, et je ne vais pas vous manger étant donné la quantité de victuailles que mes gens ont pris soin de nous préparer.

Il étala la nourriture devant ses yeux ébahis.

— Pourquoi ne pas vous détendre quelques instants ? poursuivit-il. N'avez-vous pas faim après cette matinée passée à travailler ?

Josie dut bien s'avouer qu'elle avait l'estomac dans les talons. Voir sous ses yeux ces mets tous plus appétissants les uns que les autres constituait une tentation à laquelle il était bien difficile de résister. A son tour, elle s'assit dans l'herbe.

— Existe-t-il un moment plus délicieux que celui-là ? demanda alors Dario, un sourire heureux sur les lèvres.

L'espace d'un instant, leurs regards se rencontrèrent, puis se soudèrent. Soudain, la course du temps sembla se figer. Mais, très vite, Josie s'arracha à sa fascination et reporta son attention sur le déjeuner préparé par les « gens » du comte. Ce dernier ouvrit une bouteille de *limoncello*, en versa dans deux verres, y ajouta de l'eau fraîche et lui en tendit un.

— Vous avez fait tout cela pour moi ? s'exclama Josie, étonnée. Là d'où je viens, le pique-nique se résume à des tranches de pain de mie, du jambon, des œufs durs et de la mayonnaise, achetés au supermarché. Je ne sais que dire ni par quoi commencer !

Elle n'avait aucunement besoin de parler, songea Dario. La lumière dans ses yeux parlait pour elle. Il était surpris par l'émotion que lui faisait ressentir la spontanéité et le plaisir visible de Josie. Il se ressaisit. Sa stratégie de séduction ne pouvait porter ses fruits que s'il gardait le contrôle total de la situation. Un sourire fleurit de nouveau sur ses lèvres tandis que la jeune archéologue se laissait enfin aller à la tentation...

*
* *

Josie piocha sans plus de scrupules dans les nombreux antipasti : poivrons, tomates, aubergines, grillés ou macérés dans l'huile d'olive, mozzarella, fleur de sel. Tout semblait délicieux et délicat.

Tandis que Dario se servait à son tour, elle l'observa à la dérobée. Il avait retroussé les manches de sa chemise sur ses bras tannés par le soleil. Il possédait l'aisance de ceux nés pour commander. Il se dégageait de lui une impression de puissance et d'autorité extraordinaires. Un sentiment de crainte la saisit alors, car son corps réagissait d'une manière tout à fait excessive à la présence de cet homme. Garder le contrôle de ses émotions se révélait de plus en plus difficile. Ce qu'elle avait ressenti, serrée contre lui, avait été totalement nouveau, pour elle. Mais cela faisait si longtemps qu'un homme ne l'avait pas prise dans ses bras ! Peut-être, tout simplement, avait-elle oublié combien cela pouvait être excitant.

— Désirez-vous autre chose, ma chère Josie ?

La voix de Dario résonna à son oreille comme la plus mélodieuse des symphonies. Son cœur battait la chamade sous l'intensité de son regard brûlant. Afin de cacher son trouble, elle s'empara de son verre et but une gorgée de *limoncello*. Rien, jusqu'alors, ne l'avait préparée au torrent d'émotions ressenties à l'écoute de cette voix aux intonations douces comme du velours. Indubitablement, elle était sous le charme.

Comme elle ne répondait pas, il lança :

— Laissez-moi deviner : vous ne savez plus que penser. Avant votre arrivée au *castello*, vous étiez persuadée que vous alliez me détester. Et voilà que vous découvrez que je ne suis pas si horrible que vous l'imaginiez.

Il dut percevoir son ébahissement car un nouveau sourire étira ses lèvres sensuelles.

— Comment puis-je avoir discerné vos sentiments,

vous demandez-vous. Je le sais parce que j'éprouve exactement la même chose à votre encontre.

Josie se saisit d'un couteau et fit mine de s'intéresser au morceau de poivron dans son assiette. Ce fut une erreur. Si elle pouvait dissimuler ses émotions, elle ne put empêcher le tremblement de ses mains, qui la trahit.

— Vous me rendez nerveuse, énonça-t-elle pour sa défense.

— Vraiment ? J'en suis sincèrement désolé. Mon objectif n'était pas de vous rendre nerveuse mais heureuse. Que pourrais-je faire qui vous fasse vraiment plaisir ?

— Vous avez fait beaucoup, aujourd'hui, Dario. Ce pique-nique est fameux. Merci.

Il acquiesça d'un signe de tête et concentra son attention sur la nourriture. Elle en fut presque déçue.

— Que fait un homme comme vous loin de la ville, enfermé dans un superbe château, Dario ? demanda-t-elle, désireuse de détourner la conversation sur un autre sujet qu'elle.

Il haussa les épaules.

— L'opinion que vous avez de moi est erronée, Josie. J'adore le *castello* et son environnement — le domaine, tous les gens qui travaillent pour moi. Ils sont à ma charge, placés sous ma responsabilité. Et puis ce coin d'Italie fait partie de moi, de mon identité. Evidemment, je ne puis attendre qu'une femme moderne comme vous me comprenne.

— *Moderne* ! s'écria Josie. Que signifie exactement ce mot dans votre bouche, Dario ? Vous moqueriez-vous de moi ?

Il attrapa une pêche dans sa main, la contempla, la soupesa.

— Jamais je ne me permettrais de me moquer de vous. Mais admettez-le : vous êtes une intellectuelle. Vous avez pour habitude d'utiliser votre esprit pour tout analyser, disséquer, décortiquer, au lieu de vous laisser aller à vos émotions. Vous êtes venue ici dans le but de préparer un cours universitaire. Vous voyez toute chose au travers de ce prisme, même notre relation.

Josie en resta muette. Pourtant, il lui fallait contre-attaquer sans attendre. Elle prit une grande inspiration.

— Me « laisser aller à mes émotions » ? Par expérience, je sais que cela peut mener au désastre. Il y a quelques minutes à peine, j'ai failli l'oublier et je le regrette déjà !

— Vous avez tort. Le Castello di Sirena est un lieu fait pour les fêtes, le bien-être, le plaisir. Laissez-moi vous en donner la preuve tangible.

Prenant un couteau, il coupa une tranche de la pêche qu'il tenait à la main et la lui tendit. Josie ne sut pourquoi ni comment elle perdit en une seconde cette capacité à raisonner qui, selon Dario, constituait la caractéristique principale de sa personnalité. Tout se passa comme si elle regardait une autre agir : au lieu de prendre le morceau de pêche avec ses doigts, elle se pencha et offrit sa bouche à l'offrande. Tel un nectar, le jus du fruit coula sur ses lèvres et sa langue.

— Vous voyez, susurra Dario. Ici, le simple fait de manger est une fête.

Jamais il n'aurait pu imaginer que la rigide archéologue puisse être capable d'un geste aussi spontané. Sa surprise se transforma en un désir brûlant, ravageur. Personne ne pouvait attendre de lui qu'il reste de glace dans une telle situation.

Il saisit alors les mains de Josie et l'attira vers lui pour goûter, lui aussi, au nectar. Sur ses lèvres.

4.

Durant de longues minutes, Josie fut dans l'incapacité de lutter contre l'avidité de Dario qui, de la langue, léchait sur ses lèvres le jus de la pêche. Non seulement elle ne lutta pas mais elle faillit l'implorer de lui faire l'amour, là, sur-le-champ. Quand elle prit conscience enfin de ce qui se passait, elle se leva, affolée ; il fit de même, si bien qu'ils se retrouvèrent face à face, vibrant du même désir.

Quand il prit ses lèvres avec fièvre, elle s'abandonna, alanguie, contre lui. Que pouvait-elle faire ? Leurs deux corps s'attiraient tels des aimants, comme si leur rencontre était prévue, programmée, voulue depuis toujours.

Elle frissonna — non de froid, mais de fièvre. Ainsi, le moment était venu d'admettre cette attirance fulgurante éprouvée pour Dario… La cuirasse patiemment construite durant ces dernières années volait en éclats au simple contact de sa bouche sur la sienne. Elle se pressa contre lui et perçut le membre viril en érection qui pulsait contre son ventre.

Dario la libéra enfin et recula d'un pas. Sa respiration s'était faite saccadée. Josie dut faire un terrible effort pour ne pas mendier un nouveau baiser. Lui-même semblait lutter afin de reprendre le contrôle de ses émotions. Puis il ferma les yeux et, vaincu, vint poser son front contre les cheveux de Josie.

— Oh ! Dario…

Le lieu était magique. Nul ne serait là pour voir ce qui allait s'y passer. Sa torture avait duré trop longtemps. Elle était prête à se donner à lui. Sa reddition était totale. Elle posa ses lèvres sur les siennes.

Dario resta de marbre, figé comme une statue. Elle l'enlaça, fit courir ses mains le long de son dos. Ce n'est que lorsqu'elles s'approchèrent de sa taille, prêtes à défaire la ceinture de son pantalon, qu'il lui saisit les poignets et laissa échapper un soupir désespéré.

— Non ! Non, je ne peux pas… Je suis désolé. *Arietta*…

Josie se redressa, en état de choc. Puis la colère, la honte, l'humiliation, la submergèrent et l'anéantirent.

— Je m'appelle Joséphine !

— Je n'aurais pas dû, rétorqua Dario en s'éloignant en direction de son cheval.

Josie le regarda partir, pétrifiée. Pourquoi n'avait-elle pas suivi son instinct ? Durant des années, elle avait réussi à s'épargner ce type de rejet. Dario avait une femme dans sa vie. Elle aurait dû s'en douter et rester le plus loin possible de lui. Hélas, pour son plus grand malheur, il était *irrésistible*.

Elle chassa immédiatement ce mot de son esprit. Il lui faisait revivre cet horrible instant de sa vie où elle avait surpris Andy dans les bras d'une autre femme. Son excuse avait été lamentable : il n'avait pu s'en empêcher car l'autre femme était *irrésistible*.

Elle avait failli mourir de chagrin, et s'était alors fait la promesse solennelle que jamais elle n'infligerait à quiconque ce type de souffrance. Seigneur… Elle venait de se comporter comme une parfaite gourgandine. Honte à elle !

Josie sortit de sa stupeur. Elle devait quitter ce lieu maudit sur-le-champ. Elle s'empara de son sac, de son appareil photo et s'élança sous le soleil aveuglant. La seule pensée de rester ici, même pour étudier la pierre sculptée de la fontaine, lui donnait la nausée. Désormais, ce lieu serait pour toujours lié à cette étreinte sulfureuse avec Dario.

Elle était tombée sous son charme. Elle l'avait encouragé. Elle avait été prête à se donner à lui.

Affolée, elle grimpa la colline, fuyant loin du bois et de la fontaine comme si elle avait le diable à ses trousses. Le soleil dardait sur elle ses rayons de feu. Elle avait oublié le chapeau dans la clairière. L'herbe sèche craquait sous ses pas. L'air avait du mal à pénétrer dans ses poumons. Et rien ne pouvait lui faire oublier l'émotion ressentie lors de ce baiser, d'une sensualité extrême.

Parvenue près d'un bouquet d'arbres, tout en haut de la colline, elle se laissa tomber sous son ombre, le visage en sueur — ou plutôt, constata-t-elle, en larmes ! Elle s'efforça alors de remettre de l'ordre dans son cerveau.

Son addiction pour le travail était une manière de fuir le monde réel, elle en était consciente. Mais que faire d'autre ? Chaque fois qu'elle avait tenté de goûter aux plaisirs de la vie, comme le faisaient tant d'autres, elle s'était brûlé les ailes.

Elle avait débuté sa vie d'adulte en s'investissant dans les études, afin d'assurer sa carrière. Elle le devait à sa mère, qui s'était sacrifiée pour elle. Elle se le devait également à elle-même, car l'archéologie était sa passion.

L'homme dont elle était tombée amoureuse dès son entrée à l'université semblait partager son enthousiasme pour la profession d'archéologue, un bon point pour envisager l'avenir ensemble. Néanmoins, peu après leurs fiançailles, Andy avait déjà oublié leur engagement à rester fidèle l'un envers l'autre. Son intérêt s'était reporté sur une de leurs collègues. Pris en flagrant délit d'infidélité, Andy lui avait alors avoué, pour sa défense, qu'il s'ennuyait en sa compagnie. Si sa trahison avait été un choc pour elle, son explication, qui avait fait le tour du campus, avait constitué une humiliation dont jamais elle ne s'était remise.

Etait-elle donc frigide, comme l'avait laissé entendre Andy ? Ce qui venait de se passer avec Dario tendait à prouver le contraire. Il avait su éveiller le volcan qui sommeillait en elle. Elle n'était pas frigide : serrée contre lui, elle avait vibré, éprouvé un désir violent, sauvage, que jamais Andy n'avait su engendrer.

Dans un long soupir, Josie releva la tête. Elle pouvait voir, tout en bas de la colline, le petit bois qui abritait la fontaine. A son grand étonnement, elle distingua Dario, lui-même assis sous un arbre, ses yeux tournés dans sa direction. Comme elle se demandait quelles pouvaient être ses pensées, il fit une chose incroyable : il se leva, porta ses mains à son visage et le frotta, comme pour le nettoyer, lui ôter toute trace de leur étreinte…

Ce geste la fit se dresser sur ses pieds, écumant de rage contenue. Personne, jamais, ne la traiterait plus comme quantité négligeable !

Elle épousseta ses vêtements, repoussa derrière ses oreilles une mèche de cheveux rebelle échappée de sa queue-de-cheval et serra les dents. Il ne serait pas dit qu'elle resterait sans réaction. Elle avait grandi. Aujourd'hui, elle ne se laissait plus humilier aussi facilement !

Forte de ses bonnes résolutions, elle descendit la colline au pas de charge. En quelques minutes, elle avait appris beaucoup sur Dario di Sirena, mais plus encore sur elle-même. Il était temps pour elle d'être honnête, sans concession. Elle avait accepté un pique-nique dans un endroit isolé, propice à la romance. Que pouvait-il se passer d'autre qu'un baiser dans un tel endroit, avec un homme du tempérament de Dario ? Un baiser, *au minimum*… Elle devait donc assumer ce qui était arrivé. Sa rigueur intellectuelle l'obligeait à reconnaître ses torts : elle s'était offerte à Dario et devait affronter les conséquences de son attitude, non les fuir.

Une chose était certaine : dès leur toute première rencontre elle avait éprouvé le désir d'être embrassée par le comte Dario di Sirena. Etre honnête consistait à accepter ce fait, et à ne surtout pas en faire porter la responsabilité à d'autres épaules que les siennes.

Dario avait rangé les victuailles dans le panier, l'avait de nouveau accroché à la selle de Ferrari et se préparait à quitter le lieu du désastre quand il entendit un bruit de pas derrière lui. Il se retourna, surpris.

— J'espère que vous n'avez pas pensé que je vous laisserais prendre ainsi la fuite ! lança Josie, essoufflée par sa course.

— Non. Je vous prie d'accepter mes excuses, dit-il en lui tendant le chapeau de paille.

Josie le prit et l'enfonça d'un geste brusque sur sa tête. Comme il lui cachait les yeux, Dario en releva le bord.

— C'est mieux ainsi, non ? dit-il. A partir de maintenant, ne sortez jamais au soleil sans ce chapeau, d'accord ?

Josie acquiesça, blessée cependant par son ton froid et distant. Il n'y avait plus trace de la moindre émotion sur son visage, au point qu'elle se demanda si elle n'avait pas rêvé leur torride baiser.

— Je n'aurais pas dû me conduire comme je l'ai fait, dit-elle en affronta son regard.

— Moi non plus.

Il recula de quelques pas, s'efforçant de mettre une certaine distance entre eux.

— Et j'ai rendu les choses plus difficiles encore en vous appelant par un prénom qui n'est pas le vôtre. J'en suis désolé.

Il s'éclaircit la voix et poursuivit, avec une évidente réticence :

— Je vous dois des explications. Arietta était ma fiancée. Elle s'est tuée dans un accident de voiture, voici quelques années…

Il fit une pause et prit une profonde inspiration.

— Je pensais ce triste épisode derrière moi. Il n'en est rien.

Josie tenait les yeux fixés sur lui, atterrée. Elle savait ce que signifiait la perte de celui qu'on aime, mais Dario avait enduré une souffrance ô combien plus grande que la sienne.

— Je… je comprends, balbutia-t-elle. Je tiens à m'excuser, moi aussi. Je suis aussi fautive que vous. Je me suis jetée dans vos bras. Cela ne se reproduira plus. Nous nous sommes tous deux laissés emporter…

Il approuva d'un signe de tête.

— Il faut beaucoup de courage pour revenir ici après ce qui est arrivé, Josie…

— J'ai appris, il y a bien longtemps, que la fuite n'aidait jamais à résoudre les problèmes. J'apprends à chacune de mes erreurs. Je le répète : celle-ci ne se reproduira pas.

En même temps qu'elle prononçait ces paroles, elle se demandait si elle n'était pas devenue folle. Dans un premier temps, elle s'offrait à Dario d'une manière éhontée, puis elle revenait vers lui avec le discours d'une vieille fille prude !

En fait, après des années de frustration, ce baiser l'avait fait se sentir de nouveau pleinement femme. Elle avait vibré comme jamais dans les bras d'un homme. Elle voulait que cela lui arrive de nouveau. Très vite…

— Je vous laisse à votre travail, déclara Dario.

Sautant prestement à cheval, un sourire complice sur les lèvres, il reprit :

— Mais la prochaine fois que votre emploi du temps

vous permet de vous laissez aller à des actes débridés, n'hésitez pas à m'appeler.

Eperonnant son cheval, il sortit du bosquet au galop et disparut bientôt derrière la colline.

5.

Dario ne se retourna pas. Il galopa tout droit jusqu'aux écuries. Là, il sauta à bas de sa selle et laissa Ferrari se diriger seul vers son box, où le lad l'attendait. En temps de crise, son refuge préféré était son art. Sans plus tarder, il se dirigea vers son atelier de peinture, aménagé à quelque distance du *castello*. Il entra, ferma la porte derrière lui et s'appuya contre le chambranle, essayant de rassembler ses pensées.

Depuis la mort d'Arietta, il avait collectionné les aventures fugitives, sans prendre le temps de s'intéresser à aucune des jeunes femmes tombées sous son charme. Une autre conduite aurait été, tout simplement, impensable. S'attacher sentimentalement était hors de question. Ne s'arrêtant qu'aux apparences, les hommes l'enviaient souvent. Son charme naturel opérait sur tous. Il donnait le change, son imperturbable sourire aux lèvres. Cela suffisait pour que tous le croient heureux.

Mais un événement incroyable venait de se produire : il avait tenu une femme dans ses bras et son cœur s'était mis à battre follement dans sa poitrine, comme réveillé d'un long sommeil. Son habituelle stratégie de séduction se soldait par un constat effarant : la muraille qui le protégeait s'était fissurée.

Il connaissait la coupable : le Dr Joséphine Street.

Le baiser qu'ils avaient échangé avait chamboulé son

univers protégé. Il avait alors connu un pur moment de bonheur, un plaisir intense, à nul autre pareil. Un désir fulgurant au ventre, il avait failli perdre tout contrôle. Un sentiment de honte l'envahit : l'espace d'un instant, il avait oublié Arietta.

Lorsqu'il lui avait envoyé ce prénom en pleine face, Josie avait sans doute été profondément blessée. Un torrent d'injures lui vint spontanément aux lèvres. Il avait envie de se traiter de tous les noms. Comment avait-il pu se conduire ainsi ? Depuis la mort d'Arietta, il avait fréquenté de nombreuses femmes, alors pourquoi le prénom de sa défunte fiancée lui était-il venu spontanément aux lèvres précisément *aujourd'hui* ?

Parce que Josie était différente ? Parce que, sans le vouloir, elle l'avait déstabilisé ? Il devait reconnaître que la jeune Anglaise possédait ce charme subtil qui manquait singulièrement aux autres femmes de son entourage. Mais, surtout, derrière sa façade distante et sévère, il avait découvert le feu qui couvait. Jamais elle n'avait cherché à attirer son attention par quelque artifice que ce soit et pourtant, dans un instant de total abandon, elle avait soudain baissé la garde, l'autorisant à goûter à la saveur de ses lèvres.

Cet instant, jamais il ne pourrait l'oublier. Il avait senti Josie vibrer sous ses lèvres, dans ses bras. Mais s'il cherchait à profiter de cette faiblesse, jamais elle ne le lui pardonnerait…

Cet après-midi-là, Josie ne put penser à autre chose qu'au baiser échangé avec Dario. Alors qu'elle établissait son chantier de fouilles sur le domaine du *castello*, questionnant les paysans qu'elle rencontrait, elle espérait le voir surgir devant elle. En vain.

Où était-il ? Que faisait-il ?

Comme la nuit tombait, enveloppant toute chose de son manteau sombre, elle se retira dans sa chambre afin d'y rédiger ses notes. Assise à son bureau, elle entendit le vrombissement d'un puissant moteur. Se précipitant à sa fenêtre, elle n'eut que le temps d'apercevoir une élégante voiture de sport disparaître au bout de l'allée et prendre la route conduisant à Florence.

Ainsi, le baiser échangé n'avait pas eu le même impact sur Dario que sur elle. A cette heure, il l'avait déjà totalement évincée de ses pensées et courait vers la ville et ses plaisirs nocturnes.

Les jours suivants, Josie s'efforça de se concentrer sur son travail, sans toutefois vraiment y parvenir. Sa raison lui commandait d'oublier Dario ; son cœur s'y refusait. Les émotions ressenties dans ses bras avaient été trop intenses pour être oubliées si aisément. Elle se devait de réagir.

Elle s'était établi un programme ne laissant aucune place au farniente et l'exécuta tel un automate. Chaque soir, éreintée, elle se laissait tomber sur son lit, avec le sentiment du devoir accompli. Cette stricte discipline lui avait toujours réussi dans le passé. Toutefois, elle ne se montrait guère efficace au *castello*, à proximité immédiate de cet homme qui avait si bien éveillé ses sens.

Au moment de fermer les yeux, des images de Dario envahissaient son esprit ; le bruit du moteur de sa voiture de sport passant sous ses fenêtres, en route pour une nouvelle nuit de plaisir, n'arrangeait rien.

Dans la journée, leurs chemins ne se croisaient plus. Josie espérait que Dario ne s'imaginait pas qu'elle cherchait à l'éviter, car tel n'était pas le cas. Bien au contraire. Où qu'elle se trouve sur le domaine, elle avait la fâcheuse tendance à regarder sans cesse par-dessus son épaule, espérant le voir surgir sur son cheval. Cela devenait ridicule. Le temps passant, elle finit par se faire une raison : Dario ne souhaitait plus se retrouver en sa présence.

Un soir, au coucher du soleil, alors que, à l'aide de son pinceau, elle faisait peu à peu surgir un objet de grande valeur de sa gangue de terre, son hôte apparut soudain devant elle. Perdue dans ses pensées, Josie fut prise de court. Elle se redressa, repoussa la mèche de cheveux qui lui tombait sur le front et épousseta sa salopette de travail. Seigneur, elle était dans un état lamentable !

— Dario ?

— C'est bien moi, répondit-il en sautant à bas de son cheval.

Elle ne put s'empêcher de chercher du regard un éventuel panier de pique-nique attaché à la selle. Il n'y en avait pas.

— Que faites-vous ici ? demanda-t-elle.

Il ne la regardait plus, les yeux fixés sur l'objet qu'elle était en train de déterrer.

— J'habite ici, docteur Street. L'auriez-vous oublié ?

— Quand vous n'êtes pas en ville pour faire la fête !

Il arqua les sourcils.

— Tiens, tiens ! Ainsi, vous avez remarqué mes sorties nocturnes ?

— Comment faire autrement ? Chaque soir, le bruit de votre voiture me dérange dans mon travail.

— Vraiment ? Voilà qui est fort étonnant ! Quand je passe sous vos fenêtres, je ne vois aucune lumière dans votre suite.

Il se pencha et s'empara du carnet dans lequel elle dessinait les objets qu'elle trouvait.

— Je suis là pour une raison bien précise : vous informer de l'arrivée d'Antonia. Elle sera là demain.

Il feuilleta le carnet et s'arrêta sur une des pages.

— J'aime vraiment beaucoup votre manière de dessiner. Ce croquis, en particulier, est une merveille. Il est à la fois artistique et d'une précision remarquable. Décidément, vous avez plusieurs cordes à votre arc, docteur Street !

Ses compliments paraissaient sincères. Josie rougit jusqu'à la racine des cheveux.

— Apprendre à dessiner fait partie du cursus universitaire en archéologie, expliqua-t-elle. Le dessin est une partie importante de notre métier. De plus, je m'intéresse beaucoup à la peinture, même si je n'ai guère de temps à consacrer à ce hobby.

— C'est dommage ! N'avez-vous jamais pensé à encadrer les dessins de ce carnet ? Ou à les mettre en couleurs ? Certains sont vraiment superbes et mériteraient d'être exposés.

— Peut-être... C'est gentil de votre part de me le dire en tout cas. Mais exposer risquerait de faire une impression négative sur ceux qui encadrent mon travail. A l'université, nous nous devons d'être sérieux.

— Ainsi, vous êtes prête à brider votre talent au profit de la rigueur universitaire ? Quel gâchis !

— Vous semblez bien sûr de mon talent. Les autres ne partagent peut-être pas votre opinion.

— J'ai étudié les arts plastiques suffisamment longtemps pour avoir un avis éclairé sur la qualité de vos dessins. Cessez donc de vous dévaloriser et ayez un peu plus confiance en vous !

Comme elle lui lançait un regard dubitatif, il insista :

— Je suis très sérieux, Josie. Je n'essaie pas de vous séduire. La qualité de vos dessins est telle qu'une exposition pourrait déclencher, auprès du public, un intérêt nouveau pour l'archéologie en la montrant sous une autre facette. C'est du moins ce qui est en train de se passer pour moi.

— Vraiment ?

— Oui, vraiment.

Il semblait convaincu. Le souvenir de ce qui s'était passé durant le pique-nique obligea Josie à détourner son regard. Elle s'évertua alors à faire semblant de classer une pile de ses notes déjà parfaitement rangées.

— Je… Je doute que ce soit possible, bredouilla-t-elle finalement. Je n'ai ni le temps ni l'équipement nécessaire.

— En ce qui concerne le temps, il vous incombe de prendre sur vous d'en trouver. Faites-le ! Cela en vaut la peine. Quant à votre manque d'équipement, c'est une chose à laquelle je peux facilement remédier. J'ai un atelier d'artiste dans lequel vous trouverez tout ce qui vous est nécessaire.

— C'est vraiment très aimable à vous, Dario. Votre offre me touche beaucoup, mais je n'ai vraiment pas de temps à consacrer à…

— Allons, Josie ! la coupa-t-il. Tout au fond de vous vibre l'envie de dessiner. Vous la réprimez, mais elle est là. Ces vestiges ont attendu deux mille ans que vous les exhumiez de terre : ils ne sont pas à une semaine près. Au contraire, la lumière sur un paysage est fugitive, jamais deux fois la même. Elle doit être capturée dans l'instant, comme le plaisir et le rire.

Quand un sourire fleurit enfin sur les lèvres de la belle archéologue, Dario tendit impulsivement la main vers sa joue pour la caresser. Elle recula aussitôt d'un pas, comme s'il était porteur de quelque mortelle maladie contagieuse.

Sa main retomba, inerte, à son côté. Il laissa échapper un soupir.

— Je vois… Vous ne m'avez toujours pas pardonné. Dans ce cas, ayant rempli ma mission, je vais vous laisser à votre travail. Mais n'oubliez pas mon conseil : saisissez les moments de plaisir quand ils se présentent, sinon ils risquent de passer pour ne plus jamais revenir. Et les regrets sont stériles…

— Vous semblez bien sûr de ce que vous avancez.

— Je le suis. La vie apporte des épreuves à chacun d'entre nous. J'ai eu les miennes. Le travail est un refuge seulement à condition qu'il n'occulte pas tout le reste. Je sais de quoi je parle : administrer ce vaste domaine afin de le transmettre en parfait état à Fabio est une charge de tous les instants. Il fut un temps où je ne me préoccupais de rien d'autre. Mais le travail ne peut remplir toute une vie.

— Transmettre le domaine à Fabio ! s'exclama-t-elle. Mais il n'est pas votre fils !

Josie porta la main à sa bouche, honteuse de s'immiscer ainsi dans la vie privée de la famille di Sirena.

— Je vous prie de m'excuser, dit-elle, contrite. Je me mêle de ce qui ne me regarde pas.

Dario plissa le front.

— Vous êtes la meilleure amie d'Antonia. Je pensais qu'elle vous avait parlé de ce qui n'est en rien un secret.

— Depuis l'arrivée de Fabio dans sa vie, Antonia est très occupée. Nous n'avons plus guère eu l'occasion de nous faire des confidences. Et puis, il s'agit de votre vie privée et…

— … et donc, c'est sans intérêt pour vous. On ne peut être plus clair. Je vous laisse reprendre vos fouilles, vos *si importantes* fouilles…

Sur ses mots, il se remit en selle et partit sans se retourner.

Josie ne cessait de s'interroger : pourquoi Dario avait-il fait de Fabio son héritier ? Il n'était pas plus âgé qu'elle, comment pouvait-il être aussi certain de ne jamais avoir d'héritier ? Avait-il donc décidé de ne jamais se marier ?

Elle n'était pas certaine de vouloir connaître la réponse à cette question, qui pourtant la hanta comme un nouveau mystère à résoudre tout le reste de la journée.

Dario se révélait une énigme et, plus elle passait de temps au *castello*, plus grandissait sa curiosité à son endroit. Le comte di Sirena occupa ses pensées jusqu'à ce qu'elle regagne sa suite.

Ce fut pire encore quand, en début de soirée, alors qu'elle s'était glissée dans son lit, ivre de fatigue, le bruit désormais familier de sa voiture de sport parvint à ses oreilles.

Chaque nuit, Dario partait pour la ville. « Le travail ne peut remplir toute une vie », avait-il déclaré. De toute évidence, il avait trouvé, dans la somptueuse cité de Florence, de quoi remplir agréablement sa vie. De toutes ses forces, Josie repoussa les images qui lui venaient à l'esprit.

Mais à son grand désarroi, force lui fut de constater que le baiser échangé avec Dario avait éveillé en elle un besoin qui, désormais, ne la laissait plus en paix. Elle se glissa hors du lit et se tint debout devant la fenêtre, fixant des yeux les feux arrière du bolide qui s'évanouissaient dans la nuit.

« N'oubliez pas mon conseil : saisissez les moments de plaisir quand ils se présentent, sinon ils risquent de passer pour ne plus jamais revenir. »

Et si Dario avait raison ?

Toutes ces paroles et réflexions tournoyèrent si bien dans son esprit qu'aux premières lueurs de l'aube elle ne dormait toujours pas. Elle ne sombra dans le sommeil qu'au retour de Dario.

Elle se réveilla tard, ce qui la mit de fort méchante humeur. Par expérience, elle savait que le temps perdu ne se rattrape jamais. Le *castello* et le domaine étaient pratiquement déserts tandis qu'elle les traversait d'un bon pas pour rejoindre son chantier, près du vieux moulin à huile.

Elle travaillait depuis un bon moment déjà, sous un soleil de plomb, quand le bruit d'un moteur la fit se retourner. Une limousine s'arrêta à quelques mètres du chantier.

— Josie ! lança la voix d'Antonia. Quel bonheur de te retrouver !

Josie se releva et vit son amie surgir de la banquette

arrière de la voiture et courir vers elle, agitant les sacs en papier qu'elle tenait à la main. Josie s'empressa de sortir de sa tranchée pour aller à sa rencontre. Elles s'étreignirent affectueusement.

— Regarde vite ce que je t'ai apporté ! lança Antonia, impatiente, en lui tendant les sacs.

S'emparant de l'un d'eux, Josie contempla son contenu.

— Un Bikini orange ! s'exclama-t-elle, surprise. Crois-tu vraiment que j'en aie besoin, Toni ?

— Dario m'a assuré que oui, plaida la pétulante Italienne, un large sourire illuminant son visage. Il dit qu'il est temps pour toi d'apprendre à nager.

— Il rêve ! Dis-moi, Toni, ton instinct maternel serait-il défaillant ? Où est donc ton fils ? Ne me dis pas que tu l'as laissé à Rimini…

— Jamais je n'aurais fait une chose pareille ! Dario nous attendait à la grille, sur son cheval, tenant les rênes d'un des poneys de Fabio afin que tous deux puissent aller se promener ensemble.

— *Un des poneys de Fabio* ? Combien cet enfant en possède-t-il ?

— Je ne sais plus. J'ai arrêté de compter. Dario affirme que chaque poney doit être adapté à sa taille ; et comme Fabio n'arrête pas de grandir…

Elle eut un petit rire empreint de culpabilité.

— Je sais. L'argent ne fait pas le bonheur, mais il règle pas mal de problèmes. Alors, dis-moi vite, comment trouves-tu mon frère ?

— Euh… nous n'avons guère eu le temps de nous fréquenter.

— Vraiment ? Cela ne m'étonne guère de toi : tu fais toujours passer le travail avant tout, n'est-ce pas ? Mais rien n'est perdu. Tu vas avoir l'occasion de mieux connaître Dario au cours de la soirée programmée demain soir.

Elle rit de nouveau.

— Connaissant mon goût pour les réjouissances, mon adorable frère a invité tout le gratin de la région afin de m'accueillir dignement. Ce sera une grande fête, comme toutes celles qu'il organise et dont tout le monde vante la qualité.

— Dieu merci, je serai à l'abri, bien au chaud dans mon lit !

Antonia fronça ses sourcils.

— Ah non, Jo, tu ne peux pas me faire ça ! Je sais que tu détestes t'amuser, mais pour une fois, tu ne pourrais pas faire une exception ? Nous n'allons pas nous ennuyer, je puis te l'assurer. Il y aura des animations, des appels aux dons, des jeux…

L'énumération enthousiaste de son amie fit grimacer Josie.

— Ne fais pas cette tête ! la réprimanda Antonia. Les dons vont à une institution de charité et la nourriture sera tout simplement fabuleuse.

Tout en parlant, Antonia s'était rapprochée du panier que Josie avait remisé à l'ombre d'un arbre. Chaque jour, les cuisines lui préparaient un déjeuner savoureux, qu'elle ne parvenait jamais à terminer. Antonia regardait le contenu du panier, les yeux brillants de gourmandise. Elle avait du mal à perdre les quelques kilos qu'elle avait gardés après sa grossesse, mais ne faisait pas grand-chose pour…

— Sers-toi ! proposa aussitôt Josie.

Son amie ne se le fit pas dire deux fois.

— Tu ne peux manquer une soirée organisée par Dario ! insista-t-elle la bouche pleine.

— Je n'ai pas été invitée.

— Tu es ma meilleure amie. En tant que telle, tu es forcément invitée à la soirée organisée en l'honneur de mon arrivée. Tu viens, un point c'est tout !

— N'insiste pas, Toni. J'ai vraiment beaucoup de choses à faire, en particulier la rédaction du catalogue des objets que j'ai trouvés. Je suis venue ici pour travailler, non pour m'amuser.

En disant cela, Josie s'interrogea. En était-elle si sûre ? Au fil des jours, sa motivation semblait s'effriter. A sa grande honte, elle en était venue à désirer à chaque instant que Dario apparaisse sur le chantier.

« Saisissez les moments de plaisir quand ils se présentent, sinon ils risquent de passer pour ne plus jamais revenir. »

La même phrase revenait inlassablement hanter son esprit. Elle la repoussa. Prendre du plaisir n'était pas au programme qu'elle s'était assigné.

6.

Antonia quitta Josie en lui promettant de revenir vers elle dès que Fabio ferait sa sieste, afin de l'aider à rédiger le catalogue des vestiges mis à jour. Aussi, quand un 4x4 s'approcha, Josie pensa qu'il s'agissait de son amie. A sa grande surprise, un des domestiques du château descendit du véhicule et lui tendit une large boîte.

— De le part du comte di Sirena, expliqua-t-il avec un large sourire.

Josie ouvrit la boîte. Elle contenait des pinceaux, des tubes de couleurs, tout ce qu'il fallait pour peindre.

— Magnifique ! Veuillez transmettre mes chaleureux remerciements au comte.

— Ce sera fait, madame, dit le domestique avant de regagner le véhicule.

Josie contempla les outils mis à sa disposition pour l'encourager à exprimer son talent. « Pourquoi pas ? », se dit-elle.

Soudain, ses doigts la démangeaient. Mais peindre ne faisait pas partie de la liste des choses à accomplir ce jour. Pour la première fois, Josie ne savait plus que penser, totalement désorientée.

Devant la qualité de ses dessins, Dario l'avait complimentée. Personne d'autre ne l'avait fait avant lui. Plus que tous les *satisfecit* reçus pour son travail, ses compliments lui avaient redonné confiance en elle. Son envie de peindre faisait partie de sa personnalité profonde, intime, celle qu'elle protégeait derrière une armure.

La boîte contenait autre chose : une large enveloppe blanche frappée aux armoiries des di Sirena et portant son nom. Elle la retourna. Elle était cachetée à la cire. Josie retint sa respiration, avec l'impression de remonter le temps.

L'enveloppe contenait une lettre et une invitation. Elle lut la lettre d'abord.

« Chère Josie,

» Voici certains outils sélectionnés pour vous au hasard. Si vous avez besoin d'autre chose, n'hésitez pas à me le faire savoir. »

La lettre était signée « Dario ». Elle était accompagnée d'une invitation comme jamais encore elle n'en avait reçu dans sa vie.

« Le plaisir de votre compagnie est requis au grand bal de charité donné par le comte Dario di Sirena le 18 juillet. Une tenue de soirée est exigée. »

Josie relut plusieurs fois le texte écrit en lettres d'or sur fond blanc, les yeux écarquillés. Elle trouvait incroyable, stupéfiant d'être la destinataire d'une telle invitation. Elle avait même peine à le croire. Elle aurait aimé que sa mère puisse voir ça.

Elle laissa échapper un soupir. Il allait être vraiment difficile de refuser, d'autant qu'elle ne voulait pas peiner Antonia. Et que Dario serait sans doute magnifique dans cet environnement festif, se déplaçant d'invité en invité, un verre de champagne à la main…

Pourtant, ce monde-là n'était pas le sien. Elle ne pouvait accepter cette invitation.

En la compagnie du bel aristocrate, elle était si inhibée

qu'elle ne trouvait plus ses mots. Elle n'avait rien en commun avec le type d'invités qui seraient présents. Se sentir ainsi rabaissée devant lui serait insupportable. Dario serait dans son élément, pas elle. Non, elle ne pouvait concevoir de se ridiculiser. Elle remit l'invitation dans son enveloppe, la rangea dans son sac et s'assit afin de rédiger un refus poli.

« Cher Dario… »

Elle ne put poursuivre. Refuser une telle invitation ne pouvait se faire par écrit. Cela requérait un face-à-face. Décidée à en finir le plus rapidement possible, elle se leva et fit deux pas en direction du *castello*. Puis se rassit.

Il allait être terriblement difficile de regarder Dario dans les yeux tout en lui annonçant qu'elle ne participerait pas à son bal de charité. Il ne manquerait pas alors d'utiliser son charme pour la convaincre d'accepter. Elle devait tout mettre en œuvre pour ne pas se laisser tenter.

Il lui restait la solution du téléphone. Il lui fallut un certain temps pour parvenir à appuyer sur les bonnes touches dans le bon ordre. Quand un des domestiques répondit à la place du maître des lieux, un vif soulagement la traversa.

— Je téléphone afin d'informer le comte di Sirena qu'il ne me sera pas possible de me rendre à son bal.

L'homme au bout de fil lui fit savoir poliment que le message serait transmis et raccrocha. Josie garda longtemps son regard fixé sur l'écran de l'appareil. Refuser l'invitation de Dario était une chose ; l'entendre accepter comme allant de soi en était une autre.

*
* *

Giuseppe lui tendit une feuille de papier et se retira. Dario lut le message qui y était inscrit et fronça les sourcils. Une fin de non-recevoir constituait une totale nouveauté pour lui. En règle générale, les gens invités à ses soirées se glissaient hors du lit, même malades, pour y assister. Le refus de Josie ne pouvait être dû à une quelconque maladie : la dernière fois qu'il l'avait vue, elle était en pleine forme. Un sourire lui vint aux lèvres au souvenir de son corps ferme pressé contre le sien.

S'emparant du téléphone, il composa son numéro.

— Tout le monde s'empresse de répondre positivement à une invitation lancée par le *castello*, sauf vous, lança-t-il sans même prendre la peine de se présenter.

— Je suis désolée, Dario ; les bals ne sont pas ma tasse de thé.

— Vous m'avez dit, en effet, que les fêtes à Rimini ne vous ont pas laissé un souvenir impérissable. Mais les soirées au *castello* sont fort différentes.

— Cela m'étonnerait. A moins que votre cercle d'amis ne se soit subitement réduit à quelques archéologues.

— *Dannazione !* Pourquoi n'ai-je pas pensé à cela avant d'envoyer les invitations ? J'aurais pu y inclure les responsables des musées nationaux. Cependant, n'oubliez pas une chose, Josie. Il y aura au moins une archéologue à ma soirée : Antonia.

— Et je suis sûre qu'elle sera ravie de jouer les parfaites hôtesses. Je ne veux pas être une charge pour elle. Je suis désolée, Dario, je ne viendrai pas.

— C'est votre dernier mot ?

— Oui. C'était très aimable à vous de m'inviter, mais il vaut mieux réserver vos soirées à ceux qui les apprécient.

— O.K., dit-il avant de retomber dans le silence.

— Vous êtes toujours là ? demanda Josie après un blanc qui lui sembla durer une éternité.

— Oui. J'ai tout mon temps. J'attends que vous changiez d'avis.

Elle rit.

— Bravo pour votre patience, Dario, mais cela n'arrivera pas.

— Bien.

Il raccrocha et se laissa aller en arrière dans son fauteuil, la tête dans les mains.

Durant les mois qui avaient suivi la mort d'Arietta, il avait revécu la scène de leur dispute des dizaines de fois dans son esprit. Ce soir-là, il avait cherché à lui imposer une décision dont elle ne voulait à aucun prix. Ivre de rage, elle avait pris le volant et perdu le contrôle de sa voiture. Il s'était juré de ne jamais refaire la même erreur. Si une femme exprimait une opinion contraire à la sienne, il l'acceptait sans discuter. Si elle désirait partir, il lui ouvrait grand la porte.

Cependant, dans la voix de Josie, il avait cru déceler comme un regret. Il laissa échapper un juron. Il avait un sérieux besoin de se défouler.

— Je vais faire un tour à cheval ! lança-t-il à ses assistants.

Qu'ils se débrouillent avec ses rendez-vous et ses obligations pour une fois ! Après tout, il les payait, et fort convenablement, aussi pour cela.

Marchant d'un pas vif vers les écuries, il décrocha la selle pour monter Ferrari, puis, se ravisant, la remit en place. Il sortit son fier étalon et monta à cru. Sa hargne était telle qu'il la transmit à l'animal. Ce dernier galopa comme jamais. Immergé dans ses pensées, Dario ne prit conscience qu'il se dirigeait vers le vieux moulin à huile — et le chantier de Josie — qu'au tout dernier moment. Il perdait tout contrôle sur la situation. Il ne pouvait même plus faire une sortie à cheval sans être inévitablement ramené vers la jeune femme.

Il ordonna à Ferrari de ralentir l'allure, tout en se demandant pourquoi il refusait d'accepter la réponse négative de Josie. En fait, au fond de lui-même, il pressentait que celle-ci ne reflétait pas vraiment le désir de la jeune femme. Elle avait choisi le téléphone pour le signifier plutôt que de venir le lui dire en face. Avait-elle craint qu'il n'use de son pouvoir de séduction pour la faire changer d'avis ? Joséphine Street se fermait aux plaisirs de la vie et, sans qu'il sache vraiment pourquoi, cela le préoccupait. Elle devait apprendre à se détendre et à profiter pleinement de ce que pouvait lui offrir le *castello*. Il y veillerait personnellement.

Le souvenir de la jeune femme lui offrant ses lèvres dans un moment d'égarement, et le plaisir qu'il en avait ressenti, n'étaient sans doute pas étrangers à sa détermination. Une idée venait de germer dans son esprit enfiévré : il allait faire vivre à la jeune archéologue un instant que jamais elle ne pourrait oublier.

Le bruit inhabituel se distingua peu à peu du chant continu des cigales. Josie cessa son travail et leva la tête. Oui, c'était bien le bruit d'un cavalier s'approchant du chantier.

Elle laissa tomber sa truelle, les sens en alerte, et sortit de sa tranchée. Le soleil toscan inondait le chemin ; elle dut mettre sa main en visière pour les protéger de son éclat. Le cavalier et sa monture étaient encore dissimulés par un repli du terrain, mais Josie n'avait nul besoin de les voir pour savoir qui arrivait. Au plus profond d'elle-même, elle ressentait que Dario venait vers elle.

Sa chevelure noire et bouclée apparut enfin, puis son visage hâlé, surmontant une chemise d'un blanc éclatant. Le temps sembla se figer. La scène se déroulait avec une lenteur étonnante, comme un film au ralenti. Dario se tenait droit sur sa monture, tel un preux chevalier. Quand il s'arrêta devant elle, Josie avait tout simplement perdu l'usage de la parole.

— Bonjour, docteur Street !

Qu'il l'appelle ainsi par son titre fit sortir Josie de son hébétude.

— Si vous venez pour me faire changer d'avis, vous perdez votre temps !

Il rejeta la tête en arrière, image parfaite de l'aristocrate blessé.

— Telle n'est pas la raison de ma venue, non. Refuser mon invitation est votre décision et je la respecte.

La froideur de sa voix fit vaciller Josie. Ainsi, il se moquait de sa défection... C'était bien la preuve qu'elle ne comptait pas pour lui.

— Je suis venu vous chercher, poursuivit Dario.

Elle humecta ses lèvres du bout de la langue.

— Me chercher ? Mais... pourquoi ? bredouilla-t-elle.

— Antonia a besoin de vous.

La réponse doucha les espoirs de Josie mieux que ne l'aurait fait un seau d'eau glacée. Mais si Antonia avait besoin d'elle, pas question de se défiler ! Elle s'élança sur le chemin en direction du château.

— Attendez !

Elle se retourna, surprise.

— Je vous y conduis sur mon cheval, proposa Dario.

Il flatta la crinière de l'animal, qui s'ébroua.

— Vous... vous n'êtes pas sérieux !

— Je ne l'ai jamais autant été ! Je vous emmène sur Ferrari. Ne me dites pas que vous ne savez ni nager, ni monter à cheval !

Elle lança un regard vers sa tranchée poussiéreuse.

— Je n'ai guère le temps de penser à l'un ou à l'autre quand je suis là-dedans, dit-elle pour sa défense.

— Je vois. Mais ne vous inquiétez pas, tout se passera bien. Vous n'aurez qu'à entourer ma taille de vos bras.

— Je… je serai assise derrière vous ?

— Oui.

— Oh…

Sa voix n'était plus qu'un murmure, mais le feu de l'excitation allumé en elle à l'idée de chevaucher derrière Dario courait dans ses veines. N'avait-elle pas rêvé, la veille, qu'un chevalier — qui ressemblait trait pour trait au comte Dario di Serena — l'enlevait sur son cheval blanc pour l'emmener dans son château ? Un rêve que jamais elle n'avait cru pouvoir vivre en réalité !

— Ce vieil olivier me semble parfait pour vous servir de marchepied, dit Dario, amenant Ferrari auprès d'un olivier centenaire au tronc incliné.

Josie avait la peur au ventre, mais elle aurait préféré mourir plutôt que de l'avouer. Dario dut le percevoir car il se pencha vers elle.

— Surtout, ne réfléchissez pas. Accrochez-vous à mon épaule et montez.

Leurs regards se rivèrent l'un à l'autre. Elle ne lut aucune menace au fond des prunelles noires, seulement de la confiance et de la générosité. Prenant son courage à deux mains, elle prit appui sur l'olivier et se retrouva bientôt assise à califourchon derrière Dario. Elle était si terrifiée qu'elle n'osa pas bouger.

— Détendez-vous, Josie. Ferrari est un animal fiable, je puis vous l'assurer. J'en ai la maîtrise absolue.

La voix de Dario était calme et rassurante, mais Josie ne parvenait pas à se décontracter.

— Vous serez en parfaite sécurité si, au lieu de vous agripper à mes épaules comme vous le faites, vous mettez vos bras autour de ma taille.

— Vraiment ?

Le doute dans sa voix était si évident qu'il se mit à rire.

— Essayez et vous verrez.

Il fallut à Josie beaucoup plus que du courage pour lâcher ses épaules — l'une après l'autre — et passer les bras autour des hanches de son chevalier. Elle n'osait pas serrer trop fort.

— Tenez-moi mieux que cela, fit-il, comme s'il lisait dans ses pensées. Je suis solide, je ne vais pas me briser.

Elle lança un regard vers le sol, qui lui sembla terriblement lointain.

— Pourquoi avez-vous appelé votre cheval Ferrari ? demanda-t-elle.

— Parce qu'il est très rapide, et dangereux entre de mauvaises mains.

— Oh…

Josie resserra encore l'étreinte de ses bras autour de la taille de Dario. Il rit, heureux de l'effet obtenu par sa boutade.

— Vous sentez-vous enfin en sécurité ?

— Euh… à l'arrêt, ça va. Mais quand il va se mettre en mouvement, je…

— Je serai là, Josie, coupa-t-il d'un ton rassurant. En ma présence, rien ne peut vous arriver. Je ne laisserai rien ni personne vous faire du mal.

L'assurance tranquille de Dario fut contagieuse et Josie finit par se détendre.

— Ça va mieux ? demanda-t-il tout en conduisant son cheval sur le chemin.

— Je vous répondrai à l'arrivée. C'est le genre d'expérience où tout peut arriver.

— C'est surtout une expérience pour laquelle il faut n'avoir aucun *a priori*. Pour une fois, laissez-vous aller, et le pur plaisir de cette promenade vous viendra tout naturellement.

Sur une haute branche, un rossignol chantait.

— L'auriez-vous entendu, dans une voiture ? lança-t-il.

— Non. Mais je l'entends souvent… en sécurité dans ma tranchée !

— Vraiment ? Je n'en suis pas convaincu. Votre cerveau est si absorbé par votre travail qu'il y a bien peu de place pour savourer les agréments de la vie, pour goûter aux joies de l'aventure, à tout ce que pourrait vous offrir votre séjour au *castello*.

Il laissa échapper un soupir.

— Je vous fais la leçon, mais je consacre moi-même beaucoup de temps à la gestion de mon domaine sans toujours en apprécier la beauté. Cette promenade va être un moment de détente pour moi aussi.

— Ne connaissez-vous pas votre domaine par cœur ? Antonia m'a affirmé avoir eu pour habitude de le parcourir avec vous tous les jours, lorsque vous étiez enfants.

— C'est vrai. C'était tellement plus agréable que de rester enfermé dans le *castello*. Quand mes parents étaient ici, leurs incessantes querelles nous obligeaient à fuir. Quand ils étaient sur leur yacht ou au ski, c'était un jeu pour nous d'échapper à la surveillance des précepteurs. De toute façon, ces derniers ne restaient guère longtemps en poste. Soit ils étaient renvoyés, soit ils quittaient le *castello*, écœurés par l'attitude méprisante de mes parents. Antonia et moi avons donc été livrés à nous-mêmes, parcourant les collines par beau temps, trouvant refuge dans les maisons des paysans par temps de pluie. Un dicton italien affirme qu'il faut un village complet pour élever un enfant. Il s'est révélé exact pour nous.

Dario s'arrêta brusquement de parler, comme s'il venait de prendre conscience qu'il révélait plus sur lui qu'il n'aurait voulu. Josie resserra l'étreinte de ses bras autour de sa taille.

— J'ai moi-même été invitée dans quelques-unes de

ces maisons des alentours, avoua-t-elle. Les gens y sont merveilleusement accueillants.

— Vraiment ! s'exclama Dario, surpris. Je pensais que vous détestiez être interrompue dans votre travail.

Elle rit.

— Il peut y avoir des exceptions. Rester totalement enfermée dans le passé m'étouffe parfois. J'ai apprécié de connaître la vie de ces gens. Leurs invitations m'ont touchée. Je n'ai pu y résister.

— Il vous arrive donc d'être humaine ? J'en suis heureux.

Dans un geste spontané, il posa la main sur sa cuisse. Le contact ne dura qu'un bref instant, mais il suffit à bouleverser Josie. La chaleur de son corps viril se transmettait au sien, lui donnant l'impression qu'ils ne faisaient plus qu'un. Soudain, le moment qu'elle était en train de vivre lui sembla extraordinaire, unique. Instinctivement, elle posa la tête sur l'épaule de Dario.

— Tout va bien, Josie ?

— Oui. C'est… c'est merveilleux.

— Tant mieux ! C'est ce que je voulais : vous offrir un moment de délassement bien mérité.

Josie pensa alors à la soirée à laquelle il l'avait invitée. La tentation de s'y rendre avait été grande avant qu'elle ne refuse. A présent, lovée contre Dario, elle se sentait tellement en sécurité que, s'il avait renouvelé l'invitation, elle l'aurait acceptée. Mais il n'en fit rien. Durant de longues minutes, les seuls bruits alentour furent le chant mélodieux des oiseaux, des cigales et le martèlement rythmé des sabots de Ferrari sur le chemin.

— Vous avez raison, finit par dire Dario. Cet endroit est un paradis. J'ai vraiment beaucoup de chance d'y vivre.

7.

Un paradis ! Le mot trouvé par Dario était exact. Jamais de toute son existence Josie n'avait été aussi heureuse. Désormais habituée aux pas lents et rythmés de Ferrari, totalement mise en confiance, elle s'immergea dans le pur plaisir de serrer ses bras autour de la taille de Dario. Le corps de ce dernier dégageait une douce chaleur, alliée à une impression de force et de puissance. Elle percevait ses muscles tressaillir sous le tissu de sa chemise.

Ce contact lui rappela de nouveau le baiser dans la clairière… Elle ferma les yeux.

— Surtout, ne craignez pas de vous appuyer contre moi. Cela ne me dérange pas et vous serez plus confortable.

Après quelques secondes d'hésitation, Josie obtempéra. A chaque pas, sa poitrine frottait contre le dos de Dario. Une onde de chaleur monta de ses reins pour l'envahir tout entière. La sensation était délicieuse. Le silence s'installa entre eux : aucun mot ne vint interrompre la magie du moment. C'est le bruit des sabots sur les pavés de la cour du château qui lui fit ouvrir les yeux et se redresser.

— Nous sommes arrivés, constata Josie à regret.

— Ne bougez pas, je vais vous aider à descendre, lança Dario, tandis qu'un lad se précipitait pour prendre les rênes de Ferrari.

Sautant prestement à bas du cheval, il tendit ses bras vers elle et, les mains autour de sa taille, il la porta jusqu'au sol. Josie se laissa faire, mais, quand ses pieds touchèrent le sol, ses jambes se dérobèrent soudain sous elle. Affolée, elle s'agrippa désespérément à Dario.

Il l'entoura aussitôt de son bras afin de la stabiliser et elle n'eut plus alors qu'une envie : qu'il la garde ainsi serrée contre lui le plus longtemps possible.

— Ce qui vous arrive est tout à fait naturel, expliqua-t-il. Les muscles de vos jambes, sollicités pour vous maintenir à cheval, n'en avaient pas l'habitude. Ils vous le font savoir. Appuyez-vous sur moi, tout va rentrer rapidement dans l'ordre.

— Vous avez certainement bien d'autres choses à faire que de vous occuper de moi ! protesta-t-elle.

— Elles peuvent attendre quelques minutes. Je ne puis décemment vous abandonner alors que vous ne tenez plus sur vos jambes !

Elle leva les yeux vers lui. Il souriait et semblait sincèrement heureux de cette promenade.

« Il va de nouveau m'inviter à sa soirée et je vais accepter », pensa-t-elle, le cœur battant à tout rompre.

Mais, une fois encore, il ne se comporta pas comme elle l'avait espéré. Au contraire : soudain, comme pris en faute, il la fit s'asseoir sur un banc et recula précipitamment. Josie fut aussitôt glacée par ce rejet, son cœur comme pris dans une banquise.

— Au revoir, Josie lança-t-il d'une voix rauque.

Puis il s'éloigna sans se retourner.

Après quelques minutes passées à récupérer, Josie se leva et pénétra dans le château, à la recherche d'Antonia. Elle luttait encore contre l'intense sentiment de frustration qui la taraudait — Dario n'avait pas essayé de la faire revenir sur sa décision. Elle tenta de se persuader que cela n'avait aucune importance. Après tout, c'était elle qui avait refusé de participer à sa fête. Par manque de témérité, d'audace ? Mais alors ?… Dans les années à venir, qu'allait-elle pouvoir faire de ce cœur exagérément protégé ? L'exposer dans un musée ?

Antonia, qui descendait l'escalier en provenance de la nurserie, la tira de ses sombres pensées.

— Fabio s'est endormi. Nous allons pouvoir nous rendre en ville. J'ai besoin de tes précieux conseils pour le choix de la robe que je porterai demain soir. Et, toi, Jo, que porteras-tu ?

— Je ne participerai pas à cette soirée.

— Ainsi, tu n'as pas changé d'avis.

— J'ai trop de travail et…

— Ecoute, docteur Street, l'interrompit brutalement Antonia, si tu es assez stupide pour refuser de participer à une des magnifiques soirées de Dario, libre à toi ; mais ce n'est pas mon cas. Accompagne-moi en ville et parle-moi du travail de fouilles déjà accompli. Comme je le devinais, il s'agit d'un chantier très riche, n'est-ce pas ?

— Oui. Chaque jour m'apporte une nouvelle raison de m'émerveiller. Je ne te remercierai jamais assez de m'avoir offert cette magnifique occasion. Je t'accompagne avec plaisir : j'ai effectivement plein de choses à te raconter.

— Parfait ! Le chauffeur va arriver avec la limousine dans quelques minutes.

Faire du shopping avec Antonia en Italie était une expérience encore inédite pour Josie. Elle se doutait que cela devait radicalement différer de la manière dont elle-même faisait les magasins en Angleterre. Au lieu de déambuler au milieu de la foule dans des galeries marchandes surpeuplées, elle était invitée à une expédition dans un autre monde, celui réservé aux clientes de la haute société italienne.

Une des limousines de la famille di Sirena les emmena jusqu'à Florence et les laissa aux abords du quartier le plus huppé de la ville, là où les plus grands créateurs tenaient boutique. Les rues y étaient étroites et ombragées ; tous les cent mètres, de luxueux cafés invitaient les clientes à faire une pause rafraîchissante avant de recommencer à dépenser sans compter.

Antonia se dirigea directement vers la boutique de son couturier préféré. Au grand étonnement de Josie, elles n'eurent pas à pousser la porte : une assistante l'ouvrit dès l'apparition d'Antonia. Reçues comme des princesses, les deux amies furent introduites dans un salon où régnait une fraîcheur bienvenue. Avec ses colonnades de marbre, la décoration tenait du temple romain ; pourtant, ici, le dieu honoré était, sans conteste possible, l'argent. Josie ouvrait de grands yeux, impressionnée mais aussi terriblement embarrassée par tant d'opulence. Antonia saisit sa main.

— Viens, je vais te présenter à Madame. C'est elle qui crée tous mes vêtements quand je suis ici.

Madame était incontestablement parisienne. C'est du moins ce que pensa Josie devant l'élégance de la femme d'une quarantaine d'années qui lui fut présentée. De plus en plus intimidée, Josie ne trouva pas ses mots et fit une sorte de révérence, ce qui amusa follement Antonia.

— Jo, je t'en prie, détends-toi, glissa-t-elle à l'oreille de son amie. Ces gens-là sont payés pour nous servir et non l'inverse. Prends un siège et installe-toi confortablement.

Josie obtempéra, sans toutefois se détendre. Quand on vint leur demander ce qu'elles désiraient boire, Antonia commanda un verre de lait. Josie fit de même, alors qu'elle aurait préféré une tasse de thé. Puis on montra à Antonia les robes retenues lors du défilé de la dernière collection de Madame, ainsi que des esquisses et des tissus destinés à la prochaine. Quand elle fut certaine de ne plus être au centre de l'attention, Josie consentit enfin à respirer.

Bientôt, bien calée dans son fauteuil, elle fut capable de donner son opinion sur les modèles présentés à Antonia.

Cependant, elle se serait sans doute rapidement ennuyée si, soudain, deux assistantes ne s'étaient avancées, portant presque religieusement un modèle réalisé dans un merveilleux tissu de soie verte.

Josie éprouva un choc et un regain d'intérêt. Jamais de sa vie elle n'avait vu un tissu aussi beau, une couleur aussi chatoyante. Antonia devait impérativement essayer cette merveille. Elle le lui dit.

— Tu crois ? demanda Antonia, dubitative, en examinant la robe. Je n'en suis pas si sûre. Sa coupe en biais risque fort de mettre en évidence mon ventre resté un peu trop rond.

— Toni, ce modèle est exceptionnel !

— C'est vrai ; mais pas fait pour moi.

Soudain, un sourire illumina le visage expressif de son amie.

— Ce modèle est effectivement trop beau pour qu'on le laisse de côté. Tu vas l'essayer, Jo. Sa couleur rappelle celle de tes yeux.

— Toni, je ne crois pas que…

Elle s'arrêta. Aucune femme au monde n'aurait pu résister à une telle tentation.

— Allez, Jo ! l'encouragea Antonia. Nous avons toutes envie de voir cette robe sur toi. Tu vas être superbe !

Touchée par l'enthousiasme de son amie, Josie sourit.

— D'accord, je veux bien l'essayer…

Elle se leva et prit la robe des mains d'Antonia, de peur que cette dernière ne change d'avis. Une assistante la guida vers la pièce réservée à l'essayage — qui, évidemment, n'avait rien à voir avec les cabines des grands magasins qu'elle fréquentait habituellement. Plus grande que le studio dans lequel elle vivait en Angleterre, la pièce contenait, pendus sur des cintres, les plus beaux modèles de robes et de lingerie qu'elle ait jamais vus. Une sorte de caverne d'Ali Baba pour femmes millionnaires. Parée d'une de ces robes, chacune pouvait sans problème se rendre à la soirée donnée par le comte di Sirena.

Pour la première fois de sa vie, Josie éprouvait l'envie folle de revêtir un vêtement qui l'avantagerait et de jeter les siens aux orties. Elle serait alors en mesure de montrer au comte di Sirena une nouvelle facette de sa personnalité — celle qu'elle s'évertuait à dissimuler.

La robe noire apportée dans ses bagages était passée de mode. Elle l'avait achetée pour ses fiançailles, mais la trahison d'Andy l'avait reléguée au fond de son armoire. Elle avait pensé qu'elle ferait l'affaire pour un éventuel dîner au *castello*, auquel, par politesse, elle n'aurait pas pu couper. Mais c'était avant de rencontrer Dario... Rien ne pourrait la convaincre de la porter aujourd'hui.

Terriblement embarrassée d'avoir revêtu cette robe luxueuse qui devait coûter un an de son salaire, elle tourna le dos au miroir. L'exclamation poussée par l'assistante l'horrifia : à l'évidence, cette création ne lui seyait pas. Elle se décida enfin à lancer un regard vers le miroir. Elle porta alors les mains à son cœur, fascinée.

« Seigneur... je suis magnifique ! », pensa-t-elle, effarée.

Ce constat, qu'elle faisait pour la première fois, la fit rougir jusqu'à la racine de ses cheveux. L'assistante semblait elle-même tétanisée par ce qu'elle voyait. Elle finit par ouvrir la porte menant au *show room*, l'invitant à la suivre.

La réaction unanime d'Antonia, de Madame et des autres vendeuses lui fit lever la tête et marcher dans la pièce telle une reine. Après tout, il ne s'agissait pas d'elle mais de la robe qu'elle portait.

— Jo, tu es absolument magnifique ! s'exclama Antonia.

— Cette robe l'est indubitablement, Toni. Que diraient

les membres de l'université si je me présentais ainsi au bal de fin d'année ?

— Rien, car ils auraient perdu leur voix !

Madame retrouva la sienne.

— On dirait que cette robe a été conçue pour vous, docteur Street. Vous devez impérativement la porter.

Josie perdit aussitôt son sourire et réussit à demander avec un filet de voix :

— Combien coûte-t-elle ?

— Oh ! tu n'as pas à te soucier de cela ! intervint Antonia.

— Bien sûr que si !

— C'est un cadeau pour ton anniversaire.

— Mais ce n'est pas mon anniversaire !

— Je sais, répliqua alors Antonia avec un sourire plus énigmatique encore que celui de Mona Lisa.

Josie mourait d'envie de rentrer au *castello* afin d'essayer de nouveau la robe de soie verte. Cependant, elle supplia son amie de l'emmener dans une galerie marchande, où elle pourrait dépenser son propre argent. Désormais, elle avait découvert combien se laisser aller pouvait être amusant. Elle était bien décidée à en profiter.

Comme elle se faisait plaisir en s'achetant de voluptueux sous-vêtements de soie et dentelle, les mots prononcés par Dario lui revinrent à l'esprit : « La prochaine fois que votre emploi du temps vous permet de vous laisser aller à des actes débridés, n'hésitez pas à m'appeler, j'aimerais en profiter. » Elle sourit, amusée, se demandant jusqu'où elle pourrait se laisser aller. Enivrée par cette journée de folie, elle se dit qu'elle pourrait bien encore surprendre le si séduisant comte Dario di Sirena…

Sans en avoir conscience, elle devait avoir prononcé

la dernière phrase à voix haute car Antonia, occupée à essayer des bracelets pour cheville, demanda distraitement :

— Tu pourrais faire quoi ?

Josie piqua un fard.

— Me rendre à la soirée organisée par ton frère, répliqua-t-elle en hâte. Crois-tu que ce soit encore possible ?

Antonia releva la tête, un sourire radieux aux lèvres.

— Bien entendu ! J'ai bien cru que jamais tu ne changerais d'avis.

Elle lui entoura le cou de ses bras et lui claqua deux baisers sur les joues.

— Mais j'ai refusé son invitation, Toni…

— Et alors ? Souvent femme varie, non ? Dario sera ravi de ta présence, j'en suis certaine. Mais si tu en doutes, alors tu seras *mon* invitée. Chacun de nous a le droit d'amener une personne de son choix.

— Tu as vraiment le chic pour avoir toujours la réponse adéquate à toutes mes questions.

Antonia émit un rire cristallin.

— C'est génétique !

Enfermé dans son atelier, Dario quêtait l'inspiration pour un nouveau tableau. Depuis le départ d'Antonia et Josie pour Florence, il essayait désespérément d'occuper concrètement son temps.

Tout d'abord, il était ressorti avec Ferrari pour un galop effréné. Cela ne l'avait pas calmé, bien au contraire. Chaque mètre parcouru lui avait rappelé les moments passés avec Josie, les bras de la jeune femme entourant sa taille, son corps pressé contre le sien. Sans en prendre réellement conscience, il avait dirigé sa monture vers le vieux moulin à huile, là où se trouvaient les outils de l'archéologue, soigneusement rangés sous un auvent. Il était sur ses terres, venu ici des milliers de fois, mais aujourd'hui, il avait éprouvé le curieux sentiment d'être un intrus. Ce lieu était devenu le territoire de Josie.

Il avait aperçu la boîte qu'il lui avait fait parvenir. Elle s'en était déjà servi. Il en avait été heureux. Mais, embarrassé de violer, en quelque sorte, l'intimité de la jeune femme, il avait tourné la bride vers la colline, puis s'était dirigé vers le petit bois.

Vers la clairière où ils avaient échangé un baiser !

Il ne connaissait Joséphine Street que depuis quelques jours et, pourtant, elle ne quittait plus son esprit. Il se rappelait la douceur de ses lèvres et la chaleur de son souffle dans sa nuque, même lorsqu'elle était loin de lui.

Dio ! Que lui arrivait-il ?

Il ne pouvait se concentrer sur son travail. Il ne pouvait trouver la sérénité dans ses promenades à cheval. Il lui fallait impérativement se reprendre ! Il avait quitté les grands espaces pour son atelier, espérant tout oublier en se consacrant à son art.

Il sortit de sa rêverie et se motiva pour peindre un portrait. Sous son pinceau, habituellement, naissaient les traits inoubliables d'Arietta. Cette fois-ci, sa première esquisse fit apparaître sur la toile un visage différent… Il jeta loin de lui ses pinceaux.

Quand il perçut le bruit du moteur de la limousine revenant de Florence, il fut ravi de la diversion. Il dut faire un terrible effort sur lui-même pour ne pas se précipiter au-devant de la voiture afin d'accueillir les arrivantes.

A peine la limousine s'était-elle immobilisée dans la cour du *castello* que Josie en descendit. Elle se précipita dans sa suite, en referma soigneusement la porte derrière elle, puis sortit ses achats de leur sac.

Avec une infinie précaution, elle suspendit sur un cintre la précieuse robe de soie verte offerte par Antonia.

Ensuite, elle la monta dans la pièce du haut. Ainsi, elle pourrait la contempler tout en travaillant.

Pourtant, au moment de se remettre au travail, l'envie de continuer à déballer ses achats la saisit. Ses achats ! Quelle folie… Elle s'était autorisée à se faire plaisir et, à présent, la tête lui tournait. Et qu'avait dit Antonia ? « Je suis tellement heureuse que tu m'accompagnes à cette soirée, Jo ! J'ai demandé à une masseuse et à mon équipe d'esthéticiennes de venir au *castello* afin de nous préparer. Nous allons follement nous amuser. »

Comment se mettre au travail avec ce programme en perspective ? Fort heureusement, dans sa volonté de chasser Dario de son esprit, elle avait mis les bouchées doubles et était en avance sur son planning. Rassurée par cette pensée, elle prit le temps d'admirer sa robe sous tous les angles. Jamais elle n'avait eu en main un vêtement aussi somptueux. Elle ne put s'empêcher de l'essayer une fois encore. La domestique venue lui apporter son repas faillit le laisser échapper de ses mains à sa vue.

— Demain, vous serez la plus belle de la soirée, *signorina* ! s'exclama-t-elle.

Josie ne put répondre à ce compliment, qui avait jailli comme un cri du cœur. Attirer l'attention de tous n'était pas ce qu'elle recherchait. A l'idée de la longue liste des invités de Dario, elle frémit. Allait-elle se montrer à la hauteur de ce challenge ? Elle passerait probablement la soirée dissimulée derrière un pilier, non loin du buffet…

Après un long bain dans une eau délicieusement parfumée, Josie eut droit à un massage aux huiles essentielles. Puis elle confia sa chevelure indisciplinée aux doigts talentueux d'un coiffeur. Une manucure prenait soin de ses ongles quand Antonia la rejoignit.

— Je suis tellement heureuse que tu m'accompagnes

à la soirée ! répéta une fois encore son amie, les yeux brillants d'excitation. Ce sera peut-être pour toi l'occasion de rencontrer le beau chevalier qui te fera enfin perdre la tête.

Un seul homme répondait à cette description : Dario. De peur de trahir ses sentiments, Josie choisit l'humour pour se sortir de cette situation embarrassante.

— La dernière fois que cela s'est produit, on s'est débarrassé de moi comme d'un kleenex usagé.

Antonia fit la grimace.

— Andy Dutton n'avait rien d'un beau chevalier. Qu'il aille en enfer !

— Et qu'il y reste ! approuva Josie. Le temps est venu pour moi d'oublier ce triste épisode de ma vie.

Elle se sentit mieux d'avoir formulé son ressenti avec une telle conviction.

— Je regrette seulement de ne pas l'avoir fait avant, ajouta-t-elle.

— Enfin ! s'exclama Antonia, ravie. Il semble que le soleil de Toscane ait un excellent effet sur toi, ma chère Jo.

— Tu ne peux savoir à quel point ! Mais une chose est certaine : je ne suis pas prête à me laisser séduire de nouveau.

Le souvenir du baiser échangé dans la clairière avec Dario lui revint à la mémoire. Qui essayait-elle donc de convaincre ? Elle se souvint de son corps tout contre le sien. Aucun massage aux huiles essentielles ne pourrait jamais provoquer en elle de telles sensations.

— Bien ! approuva Antonia. Cette soirée ne sera donc pas consacrée à la recherche d'un prince charmant mais au simple amusement. Cela me convient tout à fait. Car moi non plus, je ne suis pas prête à me laisser de nouveau brûler les ailes.

Josie aurait donné cher pour posséder la même conviction…

Elle bavarda ensuite avec Antonia de sujets moins brûlants et les éclats de rire se succédèrent une grande partie de l'après-midi. Josie bichonnait ainsi son corps pour la première fois ; elle devait bien reconnaître que c'était fort agréable. Son temps de travail pour la journée avoisinait zéro, mais elle n'en avait cure.

Une fois prête, et Antonia également, elle regagna sa suite. Là, désormais coiffée comme une princesse, ses ongles peints d'une délicate couleur nacrée, elle tourna en rond comme un lion en cage. Ces dernières heures avant la soirée s'écoulaient avec une lenteur désespérante. Aussi, quand Antonia lui demanda de venir la rejoindre dans sa chambre afin de choisir parmi ses bijoux ceux qu'elle souhaitait porter, Josie s'y précipita-t-elle.

Elle choisit des boucles d'oreille en diamant et, dans l'impressionnante collection de chaussures de son amie, une paire d'escarpins parfaitement assortis à sa robe.

Il restait environ une demi-heure avant le début de la soirée. Un domestique devait venir les prévenir de l'arrivée des premiers invités. Antonia commença à s'agiter dans la chambre, malade d'impatience.

— Comment fais-tu pour rester aussi calme, Jo ?

— Je ne le suis qu'en apparence, Toni, avoua-t-elle en consultant sa montre pour la énième fois. A l'intérieur, je ne suis qu'une boule de nerfs.

Antonia se campa de nouveau devant le miroir en pied, vérifiant une dernière fois son apparence. Josie fit de même. Incroyable ! Etait-ce bien elle, cette superbe créature qui la regardait dans le miroir ? Elle ne se reconnaissait plus. Un sourire était la seule chose qui manquait afin que l'image renvoyée soit parfaite.

— Dario ne va pas te reconnaître, lança Toni en riant.

— Ce serait trop beau ! répliqua Josie, dont le cœur s'était mis à battre la chamade.

Elle avait refusé son invitation à deux reprises, mais il avait suffi d'une robe de rêve pour la faire changer d'avis. Une robe qui avait déclenché en elle la folle envie de relever le défi : elle aussi pouvait s'amuser quand elle le voulait.

Malgré sa nervosité, il lui semblait vivre un conte de fée. Elle porta la main à son front. N'était-elle pas en plein délire ? N'allait-elle pas brusquement se réveiller et constater que tout cela n'était qu'un rêve ?

Mais non : un domestique vint à ce moment-là cérémonieusement les avertir que les invités arrivaient.

Antonia ne put retenir un cri d'excitation. Son amie lui prit la main et elles parcoururent les longs corridors du *castello*, jusqu'au sommet du grand escalier qui donnait dans le hall. Le bruit étouffé des premières conversations, rehaussé de quelques tintements de cristal, lui parvint.

Josie crut soudain qu'elle allait se trouver mal ; elle étouffait, sa robe la serrait, ses escarpins lui faisaient mal aux pieds. Si Antonia ne lui avait pas serré plus fortement la main à ce moment-là, comme si elle avait senti sa panique, sans doute aurait-elle rebroussé chemin en courant pour s'enfermer dans sa suite. Blandine pénétrant dans la fosse aux lions n'avait pas dû se sentir plus mal. Si seulement elle pouvait se fondre dans la foule…

Prenant une longue inspiration, elle commença à descendre les marches du grand escalier. Son angoisse atteignit des sommets quand le silence se fit parmi les invités. Tous les regards étaient tournés vers elle. Des secondes interminables s'écoulèrent avant que les conversations ne reprennent, et que les invités retrouvent leurs bonnes manières afin de saluer Antonia, qui l'avait suivie de près. Nullement jalouse, celle-ci glissa à son oreille :

— Eh bien, je ne suis pas la seule à te trouver ravis-

sante, on dirait. La robe a produit son petit effet, non?
C'est génial!

— Je regrette d'être venue, répondit Josie, en proie
à une panique grandissante. Ma place n'est pas ici. Je
devrais être dans mon lit.

— Arrête de dire des bêtises! Tu vas adorer cette
soirée. Venir au Castello di Sirena et se contenter de
fouiller la terre toute la journée n'était pas *raisonnable*.

Au souvenir de ce qui s'était passé lors de sa toute
première découverte, près de la fontaine de la petite clairière, Josie déplora de ne pas s'être contentée d'explorer
le domaine près du vieux pressoir à huile. Ces fouilles
pourraient bien se révéler comme les plus déstabilisantes
de sa courte carrière.

Lançant un regard autour d'elle, elle vit aux cous,
aux oreilles, aux poignets scintiller des diamants, luire
des métaux précieux, pendre des médaillons. Comment
Dario pourrait-il lui prêter la moindre attention dans un
tel environnement?

« Mais il m'a embrassée et a semblé aimer ça! », se
rappela-t-elle pour se donner du courage.

Tandis que ces images s'insinuaient subrepticement
dans son esprit, elle rougit jusqu'à la racine de ses
cheveux. Que diraient les invités qui l'entouraient s'ils
connaissaient ses pensées?

La double porte permettant d'accéder à la salle de bal
était grande ouverte. Il lui aurait été facile de se fondre
dans la foule. Mais, depuis son apparition au sommet
des escaliers, les invités présents dans le grand hall ne
cessaient de lui lancer des regards admiratifs. Impossible
de se glisser parmi eux sans se faire remarquer. Mais après
tout, pourquoi ne pas profiter pleinement de ces moments
enivrants, voire s'en servir comme d'une répétition pour
le bal de fin d'année de l'université?

Prenant une profonde inspiration, relevant le menton, Josie pénétra bravement dans la salle de bal.

Sur son passage, les gens s'écartaient presque respectueusement et les conversations en cours s'arrêtaient progressivement. Une fois encore, tous les regards convergeaient vers elle, alors qu'elle ne voyait que Dario...

Il se tenait debout devant une impressionnante cheminée de marbre, en grande conversation avec une ravissante jeune femme blonde. Tout d'abord, il tourna distraitement la tête vers elle. Puis, comme attirés par un aimant, ses yeux se fixèrent sur elle et ne la quittèrent plus.

Josie se figea, tétanisée. Elle avait subodoré que le comte Dario di Sirena serait élégant à l'occasion de cette soirée, mais sa splendeur dépassait tout ce qu'elle avait pu imaginer. En comparaison, tous les hommes présents lui parurent soudain ternes et inexistants. Dario possédait une prestance naturelle que mettait en valeur son habit sombre, sa chemise blanche et son nœud papillon, qu'il portait avec une suprême élégance.

Josie vibra jusqu'aux tréfonds de son être. L'admiration sincère qu'elle lisait dans les prunelles noires de Dario était sa plus grande récompense. A présent qu'il la gratifiait de ce sourire si particulier qui, chaque fois, mettait son cœur en émoi, toute son appréhension disparut comme par enchantement. Dans cet échange muet, cette connexion primale entre deux êtres au milieu de la foule, Josie voyait une complicité instinctive, ainsi qu'un désir brûlant, éprouvé par l'un comme par l'autre.

Dario abandonna la jeune femme avec laquelle il conversait et, en quelques enjambées, traversa la pièce pour la rejoindre. Parvenu devant elle, il s'empara de sa main et la porta à ses lèvres.

— Josie, fit-il d'une voix rauque. Ce soir, vous êtes belle à damner un saint.

Incapable de parler, Josie laissait s'épanouir la sensation de volupté que les lèvres de Dario sur sa peau avaient fait naître en elle. Quand il se releva, leurs regards, une nouvelle fois, se soudèrent.

Alors, Josie, étonnée par l'intensité de ce qu'elle ressentait, sut qu'elle allait apprécier chaque seconde de cette soirée. Quelque peu embarrassée, néanmoins, elle lança un regard autour d'elle. Tous observaient la scène qui se jouait entre Dario et elle, et beaucoup de sourires avaient fleuri sur les visages.

— Merci d'être venue, docteur Street, dit Dario d'une voix suave. Je sais combien vous détestez ce genre de soirée et suis très flatté que vous ayez fait une exception pour la mienne. Ce soir, vous atteignez des sommets de beauté et d'élégance. Grâce à votre présence, visiblement appréciée de tous, cet événement sera incontestablement une grande réussite.

8.

Josie aurait voulu répondre mais aucun son ne franchit ses lèvres. Elle réussit tout de même à esquisser un sourire, qu'elle espéra éloquent.

— Je vais vous présenter à quelques-uns de mes amis, reprit Dario. Ils veilleront sur vous pendant que je remplirai mes devoirs d'hôte.

Il la guida vers un couple de gens d'un certain âge particulièrement avenants, qui plut instantanément à Josie.

— Voici le *signor* et la *signora* Bocca. Ils possèdent le domaine voisin du mien et leur fils vient de rentrer à l'université, ce qui ne manque pas de leur procurer une certaine inquiétude. Docteur Street, je vous laisse le soin de les tranquilliser. La vie à l'université n'est pas vraiment l'enfer qu'ils croient, n'est-ce pas ?

Le couple rougit, embarrassé.

— Beniamino a obtenu une bourse pour aller étudier aux Etats-Unis, expliqua le père. C'est très loin de chez nous.

— Antonia m'a dit que vous aviez vous-même eu l'occasion de travailler dans une université américaine, docteur Street, dit Dario. Vous pourrez leur raconter votre expérience.

— Avec plaisir, répondit Josie, sincère.

Dario serra sa main avant de s'éloigner ; elle sut alors qu'elle avait son soutien plein et entier.

Le sourire affable et décontracté que Dario plaquait sur ses lèvres masquait un trouble certain. Depuis que ses yeux s'étaient posés sur la créature de rêve qu'était devenue Josie, il n'avait plus qu'un désir : la prendre dans ses bras et lui faire l'amour. Dans ses conditions, il lui était de plus en plus difficile de soutenir la conversation commencée avec la blonde et gracieuse Tamara.

Il connaissait l'aversion de Josie pour le type de soirées qu'Antonia et lui aimaient organiser. A n'en pas douter, assister à cette réception lui avait demandé un immense courage.

Une fois encore, elle l'impressionnait.

Sa présence, même si elle le déstabilisait, lui procurait un immense plaisir. Pour la première fois de sa vie, il avait failli au tout dernier moment demander à son staff d'annuler l'événement. En effet, que Josie réponde par la négative à son invitation l'avait grandement ébranlé dans ses certitudes. Soudain, ses brillantes soirées avaient perdu de leur intérêt à ses yeux, comme s'ils les jugeaient à travers ceux de la séduisante archéologue. Mais elle avait fini par venir. A la seconde même où elle était apparue sur le seuil de la porte, tout avait changé pour lui. Désormais, il allait pouvoir enfin apprécier pleinement l'événement.

Pourtant, après quelques minutes seulement de conversation avec la superbe Tamara, il prit conscience de son profond ennui. Par pure politesse, il fit un effort pour écouter la jeune femme raconter son voyage dans un de ces pays exotiques — dont il s'était empressé d'oublier le nom. Il se concentra pour hocher la tête et sourire aux moments adéquats, mais le cœur n'y était pas. Faire la conquête de cette femme ne l'intéressait plus. Elle avait perdu tout attrait pour lui. Plus elle percevait que son esprit était ailleurs, plus Tamara s'évertuait à capter son attention. En pure perte.

Les yeux de Dario se posèrent sur un groupe de businessmen et de dignitaires qui se tenaient à l'autre bout de la pièce. Mais ce n'était pas eux qui accaparaient son attention : ils entouraient une jeune femme qui semblait être devenue la vedette de la soirée. Dario éprouva soudain le besoin de desserrer le col de sa chemise. Il étouffait. Il avait espéré que cette soirée lui permettrait de se détendre, surtout maintenant que Josie était là. Or, au contraire, il se sentait soudain plus tendu qu'il ne l'avait été depuis des lustres. Que se passait-il ? Ses invités avaient l'air de s'amuser. *Josie aussi !*

Qu'y avait-il de mal à cela ? N'était-ce pas le but recherché par ses soirées : faire oublier à tout un chacun ses soucis le temps d'une fête ?

Ce fameux jour, dans la clairière, près de la fontaine, n'avait-il pas accusé Josie de ne pas savoir prendre du bon temps ? Ce soir, il semblait qu'elle avait compris la leçon. Elle paraissait se complaire en la compagnie des hommes qui l'entouraient, riant complaisamment à leur conversation. Il avait un sérieux avantage sur eux puisqu'il était le seul homme dans la pièce à avoir pu l'entraîner plus loin qu'une simple conversation. Et il tenait à ce que cela reste ainsi !

Josie était spéciale. Son intelligence, son charme, sa lumineuse beauté — ô combien révélée ce soir ! — étaient la promesse de délices bien supérieurs à ceux que pouvaient procurer Tamara et les jeunes femmes de son acabit. Il ne lui restait plus qu'à traverser la salle pour rejoindre le groupe. Les hommes qui le composaient lui laisseraient aussitôt la place avec déférence.

« Ne va surtout pas l'interrompre ! se morigéna-t-il vertement. Elle s'amuse et prend du plaisir à la fête ! »

C'est alors que, s'enhardissant, Tamara posa sa main

sur son bras. Il recula, comme pris en faute. Non ! Aucun contact avec une autre femme que Josie n'était possible à cet instant !

S'emparant prestement de la main de Tamara, il la conduisit presque de force auprès d'un groupe réuni autour d'Antonia, qui échangeait des idées sur la décoration d'intérieur. Marmonnant une excuse, il déposa un baiser sur la joue poudrée de la jolie blonde et s'éloigna.

Il passa alors de groupe en groupe, en hôte préoccupé du bien-être de ses invités. Mais son parcours était minutieusement calculé afin de se rapprocher inexorablement de Josie. Il n'avait plus qu'un désir : être avec elle, profiter de ses éclats de rire, de sa divine beauté.

Enfin, après l'heure la plus longue de sa vie, il parvint jusqu'à elle. Juste avant de la rejoindre, il prit deux coupes de champagne sur un plateau.

— Josie…

Elle le vit et lui sourit. Il lui tendit le champagne. Elle s'en saisit délicatement en le remerciant. Il vint se camper à son côté et, d'un geste possessif, glissa son bras autour de sa taille. Les gens du groupe s'écartèrent aussitôt, les laissant seuls. Avec un plaisir infini, Dario constata qu'elle ne le repoussait pas.

— Comment trouvez-vous cette soirée ?

— Fascinante. Je ne pensais pas que vous me reconnaîtriez…

— Je vous aurais reconnue n'importe où.

C'était vrai. Elle était superbe, magnifique. Il ne voulait plus la quitter de la soirée, maintenant qu'il savait les délices que pouvait procurer sa compagnie. Mais il savait aussi combien son acceptation pouvait être précaire. Un seul mot, un seul geste malvenu, et tout serait remis en question. La soudaine pensée qu'elle pouvait se retrouver dans les bras d'un autre homme lui donna la nausée.

— Que vous ayez finalement décidé de venir me rend infiniment heureux.

Il avait laissé son bras autour de sa taille. Elle ne l'avait pas repoussé, mais la décence voulait cependant qu'il le retire. Ce qu'il fit avec réticence. Il perçut alors comme un malaise chez la jeune femme. Il suivit la direction de son regard. Il se tenait fixé sur la belle Tamara.

— Qui est-ce ? demanda-t-elle.

— Tamara. Une amie, rien de plus.

Tamara lui envoya un baiser du bout des doigts.

— A l'évidence, elle n'est pas de cet avis, nota Josie d'un air pincé.

Dario éprouva le pur plaisir du mâle dominateur et conquérant. Josie était jalouse ! Cette nuit, elle serait à lui…

— Désirez-vous que je vous la présente ? Tamara et moi sommes amis — et juste amis — depuis notre petite enfance.

Il lui sourit et sentit la tension quitter le corps de la jeune femme, jusque-là crispé. L'effet en retour sur lui fut instantané : il la voulait pour lui et pour lui seul.

— Je pense vraiment ce que j'ai dit, Josie : votre présence à ma fête me rend infiniment heureux.

Elle laissa échapper un soupir.

— Il est bien difficile de vous résister, Dario.

— Vraiment ? Vous aviez fini par me convaincre que vous détestiez ce genre de futilités. J'ai craint que vous ne vous réfugiez dans ma bibliothèque, ce soir, le seul lieu où aucun de mes invités ne risque de se trouver. L'avez-vous déjà visitée ?

— Bien sûr ! Je l'ai trouvée… intéressante.

Il rit.

— Excellente réponse ! L'un de mes ancêtres acheta l'ensemble de ces livres au XIXe siècle.

— Cela explique sans doute le désordre dans lequel ils sont rangés.

— Pas nécessairement. Quand j'ai lu un livre, je le repose sur la table. Ensuite, mes employés ne se soucient pas toujours de le remettre à la bonne place.

Elle arqua les sourcils.

— Vous les lisez ?

— Cela m'arrive, en effet. Je vous inviterais bien à venir en consulter quelques-uns avec moi, mais je connais d'avance votre réponse.

— Mmm… qui sait ? Peut-être serait-elle différente de celle que vous attendez.

— Même depuis le pique-nique de l'autre jour ?

— J'ai changé de vêtements et d'apparence, ce soir. Pourquoi n'aurais-je pas également changé d'attitude ?

— Une sirène est la tentation ultime de tous les marins, vous savez…

Josie éclata d'un rire cristallin.

— Une *sirène* ! Vous ne parlez pas de moi, là.

— Si, bien sûr. N'avez-vous donc pas conscience que, dans cette superbe robe, vous êtes la parfaite sirène, l'emblème des di Sirena ? Celle qui, dans le passé, a séduit mon lointain aïeul.

Il tendit la main vers son visage et repoussa une mèche échappée de sa coiffure.

— Josie, en l'honneur de ce moment tout à fait spécial, je voudrais apporter ma contribution à votre tenue.

De l'un des vases posés à portée de sa main, il saisit une splendide orchidée.

— La plus belle des fleurs pour la plus belle de mes invitées, dit-il. Vous permettez ?

— Oui.

Josie retint sa respiration tandis que Dario glissait la tige de l'orchidée entre ses seins, faisant de la fleur, fixée sous le fin tissu de soie, le plus beau des bijoux.

— Voilà !

Il prit tout son temps pour retirer ses doigts, qui effleurèrent la peau de Josie. Un frisson lui parcourut l'épiderme mais elle ne recula pas, même quand le regard de Dario s'attarda ostensiblement sur les rondeurs de sa poitrine. Quand il remonta jusqu'à son visage, se focalisant sur sa bouche, ses lèvres la picotèrent délicieusement.

Seigneur… le désir qu'elle ressentait pour cet homme lui semblait si flagrant que tout un chacun dans la salle devait en être conscient. Mais, pour la première fois de sa vie, Josie s'en moquait comme d'une guigne.

— Vous devez avoir faim, réussit à articuler Dario d'une voix rauque.

— Oui, murmura Josie.

Faim de ses baisers, de ses caresses…

— En tant qu'hôte, je me dois de répondre à cette urgence. Laissez-moi vous conduire vers le buffet.

Il glissa de nouveau son bras autour de sa taille.

— Venez…

La foule s'écarta devant eux. Beaucoup avaient un sourire complice aux lèvres. La totale assurance affichée par Dario dynamisa Josie, qui affronta tous les regards sans rougir. Elle se sentait belle, elle avait l'attention du maître des lieux. A son bras, elle pouvait aller ainsi jusqu'au bout du monde. Jamais elle ne s'était sentie aussi féminine, aussi vivante, aussi… conquérante !

Le buffet était somptueux, avec sa nourriture disposée dans des plats de porcelaine dorés à l'or fin au milieu de bouquets de fleurs savamment composés. La lumière tamisée des chandeliers donnait à l'ensemble un aspect féerique.

Comme elle était loin de l'austère université et de son mode de vie en Angleterre ! Un autre monde s'offrait à elle. Pourquoi ne pas en profiter ?

Comme dans un rêve, Josie se laissa guider sans réticence par son hôte, consciente qu'il était un prince dans l'art de goûter aux plaisirs potentiels s'offrant à eux.

*
* *

Refusant les services d'un serveur surgi brusquement devant eux, Dario tint à choisir lui-même les mets les plus délicats, afin que Josie puisse savourer son dîner. Cette soirée devait être un régal des sens pour elle. Il y veillerait personnellement.

En la voyant siroter son champagne, les yeux mi-clos, comme si elle se délectait de chaque gorgée, Dario se dit qu'elle avait fait beaucoup de progrès. L'espace d'un instant, il eut l'impression voluptueuse d'assister à la naissance d'un splendide papillon enfin libéré de sa chrysalide. Ce soir, Josie affichait une confiance en elle réservée jusqu'alors à son travail.

Dario devait lutter contre l'envie irrésistible de toucher les cheveux de sa cavalière, de les caresser, lui qui jusqu'alors y avait à peine prêté attention. Sa coiffure sophistiquée, sa robe somptueuse semblant avoir été cousue sur elle — le délicat tissu de soie caressait les formes parfaites de son corps à chacun de ses mouvements —, ses escarpins dorés mettant en valeur ses longues jambes fuselées, tout contribuait à faire du Dr Joséphine Street une créature de rêve, une sirène capable d'attirer à elle tous les hommes.

Mais il serait le seul à la posséder !

Soigneusement étudiée pour être tempérée, la température de la pièce lui sembla soudain monter d'un cran. Il dut lutter pour ne pas ôter son nœud papillon et ouvrir son col de chemise.

— Je suis vraiment désolée de m'être montrée si réticente face à votre invitation, Dario, lança Josie. Cette soirée restera le plus beau moment de ma vie.

Il sourit. Dans sa tentative évidente de se montrer honnête, elle était terriblement émouvante. Il adorait la manière dont sa poitrine se soulevait au rythme de sa respiration, légèrement saccadée sous l'effet de l'émotion.

Fasciné, il devina les pointes de ses seins dressées sous la soie. Comme il le lui avait avoué plus tôt dans la soirée, ce soir, elle pouvait faire se damner un saint.

Josie ne se reconnaissait plus. Sa décision de profiter pleinement de la soirée l'avait libérée de ses entraves. Tout se passait comme si son corps se réveillait d'une longue hibernation. La présence de Dario à son côté faisait battre son cœur plus vite, durcir ses seins, monter une onde de chaleur de son ventre. De nombreux invités se pressaient désormais autour du somptueux buffet ; pourtant, elle ne voyait que le maître de maison.

Il lui prépara une assiette d'antipasti qui, immédiatement, lui mirent l'eau à la bouche. Elle les dégusta avec volupté tandis qu'avec une folle aisance Dario répondait à quelques salutations. D'une extrême politesse, il charmait tous ceux qui l'approchaient, hommes ou femmes. Il pouvait converser avec chacun sans sembler se lasser. Josie appréciait fort cette aptitude. Avec ravissement, elle écoutait le son de sa voix, une musique céleste à ses oreilles.

Et puis, soudain…

Dans la foule qui désormais se pressait autour du buffet, ils furent projetés l'un contre l'autre. Josie sentit la main de Dario se poser sur son épaule nue afin de la stabiliser. Son corps se trouvait pressé contre le sien. Son visage s'embrasa.

— Et moi qui pensais que, dans une soirée aussi huppée, on ne risquait pas d'être bousculé ! lança-t-elle, espérant ainsi masquer son embarras.

Ce qu'elle éprouvait était bien plus troublant que de l'embarras. C'était du désir. Un désir violent, qui l'incendiait tout entière. A sa totale surprise, un volcan s'éveillait en elle.

Seigneur… elle aurait voulu faire l'amour, là, sur-le-champ !

Un soupir s'exhala de ses lèvres, trop faible pour être entendu de ceux qui les entouraient mais suffisamment fort pour que Dario le perçoive. Une fois encore, leurs regards se rencontrèrent, se rivèrent l'un à l'autre. Le même désir violent se lisait dans le velours sombre des prunelles de Dario.

— Il fait si chaud…, murmura-t-il à son oreille d'une voix rauque. Quand nous aurons choisi de quoi nous restaurer, nous nous retirerons dans un endroit plus frais…

Et plus intime, espéra secrètement Josie.

Car il ne s'agissait plus seulement de se détendre : cette soirée serait celle de toutes les audaces. Elle en avait une conscience exacerbée, mais elle acceptait le caractère inéluctable de ce qui allait arriver. Elle mourait d'impatience de goûter de nouveau les lèvres de Dario et pressentait même que ce ne serait pas suffisant. Depuis la triste expérience vécue avec Andy, elle s'était gardée de toute relation sexuelle ; mais ce soir, c'était différent !

— Ce serait bien, l'approuva-t-elle.

Il plissa les yeux.

— C'est tout ?

— Pour le moment.

Elle réajusta la position de l'orchidée entre ses seins.

— Vous vous devez aussi à vos autres invités, Dario…

— J'ai parlé avec chacun d'entre eux ; ils semblent heureux d'être ensemble. Il s'agit également de *ma* soirée. Et j'ai moi aussi des envies…

Ce qu'elle lut dans ses prunelles asséchera la bouche de Josie. Son pouls s'emballa. L'espace d'un instant, ils restèrent ainsi, l'un contre l'autre, à se dévorer des yeux, comme isolés du reste du monde. Elle prit conscience de l'intensité du moment vécu. Après cette soirée, jamais plus elle ne serait la même.

Au prix d'un effort violent, elle se rappela *in petto* à l'ordre, à un peu plus de décence. Elle reporta toute son attention sur l'assiette qu'elle tenait à la main et saisit délicatement une crevette *crostini* qu'elle porta à sa bouche.

— Délicieux ! C'est vraiment une belle soirée, Dario.

— Je croyais que vous détestiez ce genre d'événement.

— C'est vrai. Mais j'avais une excuse : jamais, jusqu'à ce jour, je n'avais eu l'occasion d'en fréquenter un aussi fastueux.

— Ainsi, vous êtes heureuse d'être venue.

— Oui. C'est de loin la plus belle fête à laquelle j'ai assisté.

Elle rit.

— Excepté, peut-être, mes anniversaires lorsque j'étais enfant.

— Vraiment ? Ainsi, il vous arrivait de vous amuser ?

— Oui. Grâce à ma mère. Jamais elle n'a oublié de fêter dignement cet événement spécial entre tous pour un enfant. Elle se donnait beaucoup de mal, fabriquant en secret mon gâteau préféré, cachant soigneusement mon cadeau et ne me l'offrant qu'au tout dernier moment.

— Cela devait être merveilleux de voir quelqu'un faire autant d'effort rien que pour soi.

— Vous échangeriez mes fêtes d'anniversaire contre les vôtres ?

— Oui, sans la moindre hésitation !

Elle le regarda, stupéfaite par le voile de tristesse qui assombrissait son regard.

— On n'a jamais fêté votre anniversaire ?

— Non, jamais.

— Même lorsque vous étiez petit ?

— Même quand j'étais petit.

— Dario, c'est horrible !

— C'était pareil pour Antonia.

— Oh… je comprends pourquoi il est si important

pour elle, désormais, de ne jamais manquer une seule réception.

Il sourit.

— Comment avez-vous survécu lorsque vous partagiez le même appartement ?

— J'avais pour habitude de me réfugier chez Andy lorsque nous étions fiancés ; mais cela s'est arrêté quand…

Josie s'interrompit, surprise. La souffrance qu'elle ressentait chaque fois qu'elle prononçait le prénom de son ex avait disparu. Peut-être était-elle enfin devenue capable de tirer un trait sur son passé. Qu'avait dit Dario ? Qu'Andy avait été idiot de ne pas avoir compris la chance qui était la sienne d'être avec elle ? Peut-être avait-il raison, après tout…

— Ne pensez plus à lui, Josie ! conseilla-t-il.

— Je souhaite vous en parler, au contraire.

En lui racontant sa triste histoire, peut-être s'en libérerait-elle définitivement.

— Non seulement Andy m'a trahie, insista-t-elle, mais il s'en est vanté auprès de nos collègues de l'université. D'après lui, je n'étais pas… je n'étais pas une bonne affaire au lit.

Elle s'arrêta, le feu aux joues et les larmes aux yeux.

— Oh ! Josie… Je suis désolé, je l'ignorais…

— Antonia ne vous a donc pas tout raconté ?

— Non. Antonia a des défauts, certes, mais jamais je ne l'ai entendue révéler quoi que ce soit à propos de sa meilleure amie. Vous êtes son idole, Josie, l'ignorez-vous ?

Elle sourit, émue.

— Cela fait chaud au cœur de l'entendre. Depuis cette triste histoire avec Andy, j'ai une fâcheuse tendance à ne plus faire confiance à quiconque.

— C'est très compréhensible. Depuis votre arrivée, vous plaisez-vous au *castello* ?

— J'ai apprécié chaque seconde de mon séjour. Le

château, les paysages, la richesse des fouilles, tout est merveilleux ; et bien plus excitant que tout ce que j'ai pu connaître jusqu'alors.

Dario vit les étoiles dans ses yeux. Il sut que cette nuit, elle lui appartiendrait. A l'évidence, elle était prête. Mais, brusquement, il prit conscience de désirer plus que son corps. Si elle apprenait à mieux le connaître, peut-être que...

Impulsivement, il lança :

— Je voudrais vous montrer sur quoi j'ai travaillé aujourd'hui. Si vous voulez bien me suivre.

Il lui offrit son bras. Elle s'en saisit. Un sourire de triomphe sur les lèvres, il quitta la foule pour l'intimité de son atelier.

9.

A la grande surprise de Josie, Dario la conduisit vers une construction plus récente, située légèrement à l'écart du *castello*. Il en ouvrit la porte. Il s'agissait d'un atelier de peintre.

— Ainsi, c'est là que vous vous réfugiez.

Avant même de franchir le seuil, elle prit conscience de l'authentique talent artistique du comte Dario di Sirena. Exposées partout dans la pièce, ses œuvres s'offraient à son regard : des natures mortes, des portraits, des esquisses. Son don pour le dessin était évident, tout comme son goût certain pour les associations de couleurs.

— Entrez, proposa-t-il en s'écartant.

Il lui prit la main et l'attira à l'intérieur. Josie avait envie de tout découvrir, dévorée par la curiosité. Elle s'approcha d'un tableau inachevé.

— C'est magnifique ! Vous possédez un vrai talent, Dario… Au fait, s'exclama-t-elle subitement, merci pour les pinceaux et tubes que vous m'avez fait apporter. Avec toute cette excitation, j'ai oublié de vous remercier.

Elle s'approcha de lui et, dans un geste impulsif, déposa un baiser sur sa joue. Dario porta aussitôt sa main à l'endroit du baiser.

— Pour un tel remerciement, énonça-t-il, je suis prêt à vous faire livrer une boîte de couleurs tous les jours.

Ils rirent tous deux comme des adolescents insouciants.

Jamais Dario ne s'était senti aussi vivant, aussi réceptif. Josie l'avait attiré dès le tout premier instant où ses yeux s'étaient posés sur elle. Puis ce qui s'était produit dans la clairière l'avait comblé, jusqu'à ce que le prénom d'Arietta lui vienne malencontreusement aux lèvres. Totalement déstabilisé, il s'était alors replié sur lui-même ; le refus de la jeune archéologue de participer à sa fête n'avait fait qu'accentuer encore son mal-être. Mais, par un incroyable miracle, Josie était brusquement apparue sur le seuil de la salle de bal, dans une robe merveilleuse. Sans doute Dario devait-il ce prodige à sa sœur, mais cela n'avait pas d'importance ; l'essentiel était que Josie soit venue. Plus miraculeux encore : n'avait-elle pas clairement laissé entendre être prête à profiter pleinement de tout ce qu'il avait à lui proposer ?

De *tout* ?...

Il prit une profonde inspiration. Cette fois, contrairement à ce qui s'était passé lors du pique-nique, il ne laisserait pas le souvenir d'Arietta empiéter sur sa relation avec Josie. Ce soir, il se sentait transformé. Un fardeau était tombé de ses épaules. Il était enfin libre de profiter pleinement de la compagnie de celle qu'il avait entrepris d'apprivoiser.

— C'est une soirée idyllique, dit-il d'une voix tremblante d'excitation. Ne la gâchons pas en restant enfermés ici. Nous devons impérativement profiter de chaque instant.

Et, surtout, profiter pleinement l'un de l'autre, aurait-il pu ajouter.

Dio ! Josie était si belle qu'il avait presque peur de la toucher, craignant qu'elle ne s'évanouisse tel un trop beau songe. Il prit sa main et la serra dans la sienne. Non, ce n'était pas un rêve... Elle le laissa faire comme si la chose était la plus naturelle qui soit. La nuit était merveilleusement douce et sereine. A l'écoute des pulsations de son propre cœur, il sut avec certitude qu'il battait pour Josie. Le souvenir d'Arietta s'estompait. Jamais il ne l'oublierait, mais elle ne devait plus interférer avec sa vie présente et future.

En s'éloignant de l'atelier. Dario s'efforçait de marcher avec calme, sans précipitation, afin de ne surtout pas effrayer Josie, de ne pas rompre le charme.

Comme ils traversaient la cour du *castello*, le parfum du chèvrefeuille courant le long du mur lui parvint, ainsi que la musique de l'orchestre, qui avait commencé à jouer dans la salle de bal. Dario s'arrêta. Josie avait levé la tête et contemplait la voûte étoilée.

— J'adore cette chanson, dit-il. Et vous ?

— Moi aussi.

Avant qu'elle puisse poursuivre, Dario la prit dans ses bras et l'entraîna dans un langoureux tango sur les pavés de la cour. Serrée contre lui, Josie se laissait guider, contractée.

— Détendez-vous, je vous en prie. C'est le but de cette soirée, l'auriez-vous oublié ? J'étais certain que vous aussi aimeriez cette chanson.

— C'est… c'est incroyable.

— Non. Vous méritez ce qu'il y a de plus beau, de meilleur.

— Comment pouvez-vous dire ça ?

— Parce que je le pense sincèrement. Arrêtez de vous dévaloriser ! Vous avez déjà réussi tant de choses dans votre vie. Antonia affirme que vous êtes la meilleure dans votre domaine et que vous ne le devez qu'à vous-même. Et ce soir, vous êtes la plus belle femme de ma soirée.

Elle éclata de rire. Il chercha son regard.

— Ce n'était pas supposé vous faire rire. Je suis très sérieux.

— C'est juste que… être la plus belle femme de votre soirée me semble tout à fait impossible !

— C'est pourtant le cas, je puis vous l'assurer.

— Andy avait l'habitude de m'affirmer que j'étais la plus belle, ce qui ne l'a pas empêché de me tromper avec une autre.

— Andy est un idiot.

— Non. Nous ne partagions pas les mêmes valeurs, tout simplement. Avec le recul, je suis maintenant persuadée que notre relation s'est soldée par un échec parce que l'amour, le vrai, en était absent.

Et aujourd'hui, elle pouvait comparer. Comparer les émotions qu'elle éprouvait dès que Dario apparaissait avec ses sentiments passés pour Andy. Et la comparaison n'était pas flatteuse pour ce dernier...

Josie tressaillit. Elle devait impérativement se reprendre. Non, ce qu'elle éprouvait n'était pas de l'amour, juste une illusion, produite par une nuit étoilée et un tango romantique.

— Vous lui trouvez encore des excuses, objecta Dario.

— Ce doit être génétique. Aujourd'hui encore, ma mère continue à mettre deux couverts, le week-end, en espérant que mon père revienne. Dix ans après son départ...

Dario la serra plus fort encore contre lui.

— Ainsi, votre père a fui le foyer et votre fiancé vous a abandonné...

Il bouillait d'une rage contenue à l'encontre de ces deux monstres, qui avaient osé infliger tant de souffrances à Josie.

— Il est étonnant que vous puissiez encore faire confiance à un homme dans ces conditions, poursuivit-il.

— Mais je ne peux pas ! Je n'ai plus foi en la gent masculine. Je n'en espère plus rien, je ne rêve plus.

La chanson se terminait. Elle se désengagea de l'étreinte de son beau cavalier.

— Merci pour ce merveilleux moment.

Un terrible sentiment de frustration envahit Dario. Tenir Josie dans ses bras lui avait procuré un plaisir immense. Il remarqua alors l'état de l'orchidée toujours coincée dans le décolleté de sa robe. Elle n'avait pas supporté d'être écrasée contre son torse. Il s'en saisit.

— Cette fleur n'a manifestement pas aimé notre danse, Josie.

— Oh ! quel dommage ! Elle était si belle… J'avais l'intention de la garder en souvenir de cette fabuleuse soirée.

Elle avait l'air si sincèrement désolée qu'il la saisit par le bras.

— Il y a tellement de fleurs superbes dans le jardin du *castello* qu'on trouvera certainement celle qui vous plaira. Venez, suivez-moi.

Josie se laissa entraîner vers une porte située dans le mur d'enceinte. Quand Dario l'ouvrit, une bouffée d'un délicieux parfum de rose lui parvint aux narines.

— Oh…

Les jardins du *castello*, éclairés par la douce lumière de la lune, offraient un spectacle féerique.

— C'est superbe, n'est-ce pas ? dit-il.

— Oui.

Dario ne pouvait quitter du regard la perfection du fin profil de Josie, nimbé d'un halo lunaire. Elle laissa échapper un soupir de contentement. Dans un geste impulsif, il l'attira vers lui.

— J'ai une confession à vous faire, Josie.

— Je vous écoute, dit-elle, intriguée.

— En fait, j'avais une raison tout à fait spéciale de vouloir organiser cette fête aujourd'hui.

— Laquelle ?

— Vous allez me trouver stupide.

— Je ne me le permettrais pas.

— Souvenez-vous de ma confession : Antonia et moi n'avons jamais eu nos anniversaires fêtés par nos parents. Aussi, à leur mort, quand j'ai hérité du *castello*, je me suis juré de faire de chaque anniversaire un moment spécial.

Evidemment, je n'en parle jamais à personne. J'ai donc organisé cette soirée pour une raison très précise : mon anniversaire.

— Oh! Dario, bon anniversaire! Pourquoi ne pas me l'avoir dit plus tôt? Je vous aurais acheté un cadeau, écrit une carte. Je n'ai rien…

Elle s'arrêta; une pensée folle commençait à germer dans son esprit.

— C'est exactement pour cela que je ne rends pas la chose publique, expliqua-t-il. Tout ce dont j'ai besoin, je l'ai déjà. Pourquoi obliger mes amis à partir en quête d'un cadeau?

Choquée par son discours, Josie s'empressa de rétorquer :

— Un cadeau est une chose précieuse, Dario. Il est destiné à rappeler à un ami que l'on pense à lui, qu'il compte pour nous.

Il la regarda comme si elle lui parlait une langue incompréhensible.

— Personnellement, poursuivit-elle, j'aurais pris le temps de vous trouver un petit quelque chose correspondant à votre personnalité. Quelque chose pour votre atelier, par exemple.

— Mais j'ai tout ce qu'il me faut dans mon atelier! Et lorsque quelque chose me manque, je le commande sur internet.

Josie laissa échapper un soupir d'exaspération.

— Dans un cadeau, c'est le geste qui compte, pas l'objet lui-même! Souvent, les cadeaux qui procurent le plus de plaisir ne coûtent rien.

Dario ouvrit la bouche pour répliquer, puis, se ravisant, il pensa plus judicieux de changer de sujet.

— Assez parlé de moi! Venez donc profiter des délices offerts par ce jardin d'éden.

Il lui prit la main et l'entraîna au milieu des fleurs, accompagné par le chant d'un rossignol.

— C'est… c'est fantastique !

— Je croyais que vous aviez déjà visité mon jardin et mes serres.

— Je l'ai fait, en effet, mais de jour et préoccupée par mon travail. La nuit, tout devient magique. Merci de me le faire redécouvrir, Dario.

— Tout le plaisir est pour moi. Mon souhait est que vous profitiez de toutes les merveilles du *castello*. Absolument toutes !

Incapable d'attendre plus longtemps, il se pencha et s'empara fiévreusement des lèvres de Josie.

Josie accueillit avec gratitude l'explosion de sensations délicieuses qui la secouèrent, et finirent par avoir raison de ses dernières réticences. Lorsque Dario interrompit son baiser ravageur, elle se blottit contre lui, les jambes en coton. L'idée folle qui avait germé un peu plus tôt dans son esprit enfiévré se faisait de plus en plus précise.

— Je sais désormais exactement quel cadeau je vais vous faire pour votre anniversaire, Dario, murmura-t-elle à son oreille.

Après une légère pause, elle demanda :

— Avez-vous deviné de quoi il s'agit ?

Comme il secouait négativement la tête, elle précisa, mutine :

— De moi.

Un long frémissement parcourut le corps pressé contre le sien. Tout d'abord, Dario ne répondit rien. Elle comprit qu'il concentrait sa volonté afin de garder le contrôle de la situation.

— Etes-vous vraiment certaine que c'est ce que vous voulez, Josie ? demanda-t-il finalement d'une voix rauque.

Elle sourit et fit un signe affirmatif de la tête, de peur

que des mots altèrent la musique parfaite du chant des rossignols.

Dario lui rendit son sourire ; la tension quitta subitement son corps. Il ôta son nœud papillon, ouvrit le col de sa chemise et, lui prenant la main, se dirigea vers la porte conduisant à l'extérieur du jardin.

— Il y a un lac tout près d'ici, avec une cabane. Vous allez adorer.

Déjà transportée dans un autre univers, de douceur et de sensualité, Josie se dit que n'importe quel lieu en compagnie de Dario ressemblerait au paradis.

— Je suis si heureuse d'être finalement venue à votre soirée, admit-elle.

— Je ne vous remercierai jamais assez. Sans vous, cette fête n'aurait pas été la même.

En arrivant près du lac, ils entendirent un bruit de plongeon.

— Une vulgaire grenouille, expliqua aussitôt Dario en la prenant dans ses bras pour la rassurer. Et vous, vous êtes une sirène. Ce soir, vous êtes soudain apparue dans cette merveilleuse robe de la couleur de vos yeux, et mes invités ont retenu leur souffle.

— Mais je n'ai rien fait de spécial !

— Non, vous avez juste été vous-même : merveilleusement belle sans le moindre artifice. Vous m'avez fasciné…

Terriblement embarrassée par le compliment, Josie secoua la tête, incapable de croire ce qu'elle entendait.

— Je suis sincère. Soyez fière de vous, pour une fois. Les hommes et les femmes de la soirée n'avaient d'yeux que pour vous. J'ai soudain éprouvé le désir de vous enlever afin que vous ne soyez qu'à moi, à moi seul.

Alors qu'il achevait sa tirade, un oiseau lança son chant, aussitôt contré par un autre.

— Deux rivaux concourant pour le même prix, dit Josie en riant.

Il lui prit de nouveau les lèvres et toute pensée cohérente déserta Josie. Seigneur… pouvait-on être plus heureuse qu'elle l'était dans l'instant ? Le corps de Dario vibrait contre le sien ; son membre viril en érection pulsait contre son ventre. La pleine lune régnait dans le ciel, faisant des eaux du lac de l'argent fondu.

Délaissant ses lèvres, Dario l'entraîna vers la cabane. Le lieu était follement romantique. Les murs de bois avaient retenu la chaleur de la journée, des bouquets de lavande séchée pendus au plafond embaumaient l'espace.

— J'ai envie de toi, murmura Dario à son oreille, d'une voix à peine audible.

L'étincelle du désir était née entre eux dès leur première rencontre, dès le premier regard échangé. Mais ce soir, le brasier était allumé et une seule chose pouvait l'éteindre. Rien, désormais, ne pouvait l'empêcher.

Les mains de Dario parcoururent fébrilement son corps, l'explorant au travers de la soie. Josie gémit, rejetant la tête en arrière, offrant sa gorge à ses baisers. Dario fut prompt à réagir et embrassa toute la longueur de son cou. Ses tétons durcis pointaient sous le fin tissu, réclamant à leur tour d'être caressés. Dario baissa la tête et captura l'un d'eux dans sa bouche, le titillant de la langue et des dents.

Josie crut qu'elle allait défaillir. Elle cria, tandis qu'entre ses cuisses pulsait le cœur de son intimité.

— Prends-moi ! supplia-t-elle.

— Tu es sûre ?

— Certaine.

Comme pour renforcer sa supplique, elle lui ôta sa veste et commença à déboutonner sa chemise. Il ne fallut que quelques secondes pour que tous deux se retrouvent entièrement nus.

En transe, Josie en oublia jusqu'où ils se trouvaient. Le monde autour d'eux avait cessé d'exister. Dario la souleva dans ses bras et la déposa sur les coussins moelleux du divan qui occupait une partie de la pièce. Puis il s'allongea sur elle. Enfin, ils étaient peau contre peau ! Enfin, ils allaient pouvoir étancher la soif qu'ils avaient l'un de l'autre.

Dario prit le temps de savourer l'instant : il allait à présent pouvoir jouir du somptueux cadeau offert par Josie pour son anniversaire.

La jeune femme enroula les jambes autour de sa taille, impatiente de se donner à lui, de ne plus faire qu'un avec lui. Quand, enfin, il la pénétra, elle poussa un cri de ravissement, que Dario crut sentir glisser sur les eaux du lac pour se perdre dans ses profondeurs.

Lorsque Josie se réveilla, elle se demanda, les yeux sur les poutres du plafond, où elle se trouvait. Il ne lui fallut guère de temps pour avoir la réponse : Dario dormait à son côté, la tête nichée au creux de sa poitrine. L'aube venait à peine de se lever. Une dernière étoile brillait encore, haut dans le ciel, se reflétant sur le miroir des eaux étales du lac.

Elle aurait dû être aux anges. Ce n'était pas le cas. Son esprit ressassait indéfiniment ce qui s'était passé durant la soirée, puis la nuit. Ayant eu raison de ses inhibitions, avec un savoir-faire parfait, Dario l'avait conduite au septième ciel. Ces souvenirs extraordinaires étaient à garder, enfouis à jamais au fond de sa mémoire. Aucun événement à venir ne pourrait jamais concurrencer ce qu'elle avait vécu durant cette nuit spéciale entre toutes. Pourtant, cette simple pensée lui était une torture. Car Dario était un play-boy, qui organisait des soirées réunissant les membres les plus influents de la haute société. Il n'était pas d'avantage prêt à partager sa vie que ne l'avait été Andy. Rêver d'un avenir en commun n'était que pure utopie.

Il bougea contre elle. Josie soupira. Allait-elle pouvoir résister à son charme ? Rien n'était moins sûr. Une seule de ses caresses, un seul de ses baisers et elle ne répondait plus de rien. Quand une de ses mains s'aventura le long de sa cuisse, elle retint sa respiration et se leva.

— Dario, je… je dois m'en aller.

Afin de lui cacher ses sentiments, elle lui tourna le dos, faisant semblant de se concentrer sur ses vêtements épars au sol.

— T'en aller ? Pourquoi donc ? L'aube vient à peine de se lever. Nous avons tout notre temps. Viens vite dans mes bras, tu me manques déjà.

Josie se retourna. Ce fut une erreur. Il était magnifique. La faible clarté du jour mettait en valeur son teint hâlé. Un désir fulgurant l'assaillit. Elle devait impérativement s'éloigner tant qu'elle en avait encore la force. Mais avant, il lui fallait s'expliquer.

— Ce qui s'est passé la nuit dernière n'aurait jamais dû se produire, Dario. Tout est de ma faute. Ce cadeau d'anniversaire que je t'ai proposé…

— … était la meilleure idée que tu puisses avoir !

Il était tout sourires. Josie commença à s'habiller.

— Je ne regrette pas ce cadeau que je t'ai fait. Tu m'as procuré un plaisir infini. Jamais je ne l'oublierai. Mais il faut que tu saches que je ne demande pas plus que ce que j'ai déjà reçu en récompense.

Le sourire disparut du visage de Dario. Se redressant brusquement, il s'appuya sur son coude, les sourcils froncés.

— Je ne comprends absolument rien à ton discours !

Josie livrait une dure bataille contre ses sentiments. Elle aurait payé cher pour pouvoir se blottir de nouveau dans ses bras. Mais cela aurait été une grave erreur. Dario avait étreint bien des femmes avant de s'en lasser. Il en serait de même pour elle.

Aussi longtemps qu'elle vivrait, Josie se rappellerait

l'admiration qu'elle avait lue au fond des prunelles sombres de Dario quand son regard s'était posé sur elle, à son entrée dans la salle de bal. C'était un souvenir à chérir jusqu'à son dernier souffle. Partir avant qu'il ne s'ennuie d'elle était le seul cap à tenir.

— Mon propos est pourtant simple : tu as eu ton cadeau d'anniversaire, restons-en là.

— Je ne suis pas d'accord ! Tu as encore beaucoup de choses à m'offrir, *tesoro*.

Il se leva et s'approcha d'elle, mais Josie recula avant que sa main puisse atteindre son bras. Elle vit très nettement sa mâchoire se crisper sous l'effet de la colère.

— Que se passe-t-il ? Qu'attends-tu de moi ? Que je m'engage auprès de toi pour la vie après une seule nuit, aussi réussie qu'elle ait été ? Tu connais ma réputation, n'est-ce pas ?

— Oui. C'est pourquoi je n'attends rien de toi, Dario. Cette nuit a été fantastique mais…

— … elle doit rester un merveilleux souvenir et rien de plus : c'est ce que tu essaies de me dire, n'est-ce pas ?

Il lui tourna le dos et rassembla ses vêtements. Josie le contempla, l'estomac noué. Sans oser se l'avouer, elle avait espéré qu'il chercherait à la convaincre. Elle avait espéré avoir tort, qu'il désirait lui aussi une relation qui perdure.

Mais Dario s'habillait en toute hâte, sans même un regard vers elle. Au bord de la panique une supplique lui vint à l'esprit : « Je t'en conjure, notre relation ne peut se terminer ainsi. Pas aussi vite. Pas maintenant. Permets-moi d'avoir encore un peu de plaisir dans tes bras. Une heure, un jour, une semaine ! »

Fort heureusement, ces mots ne franchirent pas ses lèvres. Dario ne devait plus la toucher, jamais ! Elle connaissait désormais sa vulnérabilité en sa présence, son extrême faiblesse lorsqu'il l'approchait. Un seul de ses baisers et son armure se fissurerait de nouveau. Pour quel avenir ?

Un jour ou l'autre, Dario lui briserait le cœur, comme l'avait fait Andy. Cette fois, ce serait bien pire encore…

Faire l'amour avec le maître du *castello* lui avait ouvert tout un monde de sensations jusque-là inconnues d'elle. Andy s'était plaint auprès de leurs collègues de sa prétendue frigidité. Aujourd'hui, elle savait que son ex était un piètre amant. Mais en lui révélant les arcanes sensuels de sa féminité, Dario venait de lui faire un merveilleux cadeau. Malgré tout, leur aventure devait s'arrêter là.

Dans un suprême effort, elle parvint à esquisser un sourire et à paraître détachée.

— Nous avons vécu un instant magique et il doit rester dans nos mémoires comme un beau souvenir, Dario. Je vais bientôt partir, rejoindre mon pays, l'Angleterre. Il ne nous reste plus qu'à ranger cette nuit de folie dans le tiroir des expériences… intéressantes.

— Comme d'habitude, tu te montres très raisonnable. Je n'en attendais pas moins de toi. Te lancer dans des aventures sans lendemain n'est pas ton style, tu n'avais pas manqué de me le faire savoir. Cela me convient tout à fait. Il me reste à te remercier, une fois encore, pour ce cadeau d'anniversaire inattendu. Un cadeau unique, inoubliable.

Il avait parlé d'un ton neutre, sans même un regard vers elle. Le cœur de Josie se serra. Il aurait pu tout aussi bien parler d'une séance de pêche à la truite.

Après un regard à sa montre, il lança :

— Je vais partir. J'avais presque oublié que j'ai promis à Antonia de l'accompagner en ville ce matin, afin de l'aider à trouver une crèche pour Fabio.

Cette nuit, dans la fièvre de la passion, Josie avait eu l'impression d'être toute-puissante. D'une simple caresse, elle pouvait faire réagir Dario. Elle fut tentée de le mettre à l'épreuve mais y renonça aussitôt. A quoi bon ? Elle devait tenir compte des expériences passées et éviter de commettre les mêmes erreurs.

Tous deux rhabillés, Dario l'escorta jusqu'à la cour du *castello*. Ni l'un ni l'autre ne prononça mot.

10.

Le regard fixé sur le Monet acheté tout récemment à New York, Dario pianotait nerveusement du bout des doigts sur son bureau.

Il se souviendrait toute sa vie de la nuit de son trente-troisième anniversaire.

Il passa la main sur son menton et tressaillit quand elle rencontra la coupure faite quelques instants plus tôt en se rasant. Il lui avait été difficile de se regarder dans le miroir. Josie affectait son comportement d'une façon tout à fait inhabituelle. En règle générale, il s'évertuait à gérer ses aventures sans lendemain avec détachement. La règle était claire : aucun des deux partenaires ne devait s'attacher. L'amour avec un grand A ne devait en aucune façon faire partie de l'équation. On prenait du bon temps, un point, c'est tout !

Alors pourquoi son esprit restait-il focalisé sur Josie ? Parce qu'elle était si différente des femmes qu'il fréquentait habituellement ? Ainsi, il avait toujours été celui qui mettait fin à la relation, s'évertuant à le faire avec une certaine élégance. Pour la première fois de sa vie, une femme lui avait signifié son congé.

Il se remémora les paroles de Josie, lorsqu'elle lui avait rappelé son départ pour l'Angleterre. Il vérifia son agenda. Il était prévu, en effet, que la jeune archéologue quitte le *castello* dans une semaine. Cette confirmation fit se contracter douloureusement son cœur.

Pourquoi ?

Il était parvenu à ses fins puisqu'il l'avait possédée. Que demander de plus ?

Il revit en pensée le visage qui ne cessait de le hanter, éclairé par les premières lueurs de l'aube. Josie avait eu l'air préoccupé. Pourquoi ? Il leva les yeux au ciel en se moquant de lui-même. C'était bien la première fois qu'il se tourmentait pour ce que pouvait ressentir une femme après une nuit d'amour avec lui.

« Je vais bientôt partir, rejoindre mon pays, l'Angleterre. »

Les mots prononcés par Josie lui revenaient sans cesse à l'esprit. Depuis le premier jour, il connaissait la date de son départ ; alors, pourquoi, soudain, cette simple idée lui paraissait-elle insupportable ?

De rage et d'impuissance, il frappa du plat de la main sur son bureau. Mais la voix de sa dernière maîtresse en date ne se tut pas pour autant.

« Il ne nous reste plus qu'à ranger… »

Il se figea.

« Il ne *nous* reste plus… » *Nous* !

Josie avait utilisé le nous pour les désigner tous deux. Comme une entité. Cela ne lui était pas arrivé depuis Arietta. Avec elle, et seulement avec elle, il s'était senti former un couple. Mais Josie avait employé ce pronom personnel, et le retentissement sur ses émotions était grand.

Nous…

La seule pensée que la jeune femme puisse, un jour, dire « nous » en évoquant des projets avec un autre homme lui fut intolérable. La violence de sa réaction le surprit. Il tenta désespérément de s'accrocher au souvenir d'Arietta. En vain. Il ne pouvait se rappeler son visage. Il essaya encore et encore de se souvenir combien il l'avait aimée, adorée, adulée. Et il était responsable de sa mort… Jamais il ne devrait oublier cette triste réalité.

Dario secoua lentement la tête. Josie avait eu raison de rompre la relation qui s'ébauchait. Tout était pour le mieux dans le meilleur des mondes. Ignorant la petite voix qui, tout au fond de lui, protestait vigoureusement à l'idée qu'il ne la tiendrait plus jamais dans ses bras, il concentra son attention sur les dossiers en attente concernant la gestion de son domaine.

Les yeux baissés, les épaules voûtées, Josie se dirigea vers son chantier de fouilles, près du vieux moulin à huile. Sa passion pour son travail ne lui avait pas permis de lutter contre le sentiment de dégoût que lui inspirait encore, deux jours plus tard, son comportement déluré lors de la soirée donnée par Dario.

Comment avait-elle pu se comporter ainsi ?

Son père et son ex lui avaient promis l'amour éternel, chacun à leur manière, avant de l'abandonner. Si elle avait pu croire un seul instant qu'un riche play-boy comme le comte Dario di Sirena, qui avait les plus belles femmes du monde à ses pieds, pouvait se comporter autrement, elle était vraiment la reine des imbéciles.

Elle serra les poings. Comment se sortir sans trop de dégâts d'une telle situation ? A l'instant même où Dario avait saisi sa main, lors de la soirée, elle avait su qu'il n'y aurait jamais un autre homme que lui dans sa vie, devrait-elle vivre jusqu'à cent ans.

Mais elle avait été obligée de mettre fin brutalement à leur relation. Pour éviter qu'il ne lui brise le cœur. Dès qu'elle aurait quitté le *castello*, il ne se souviendrait même plus de ce qui s'était passé entre eux, elle en était persuadée ; et dans un mois, il ne se souviendrait même plus de son prénom.

Alors que de son côté, jamais elle ne pourrait l'oublier…

Que faire sinon se réfugier une fois de plus dans son travail ? Elle aurait pu se confier à Antonia, mais, coincée entre son frère et sa meilleure amie, sa vie aurait alors risqué de devenir un enfer. Et Josie ne le voulait à aucun prix. D'où le recours à la solution habituelle : travailler encore et toujours !

Quand son manque évident de concentration la conduisit à briser un objet qu'elle avait pris grand soin d'exhumer de la terre, elle jeta loin d'elle sa truelle, dégoûtée. Aussi longtemps qu'elle serait dans ces lieux, Dario occuperait toutes ses pensées, ce qui se révélait extrêmement préjudiciable pour la qualité de son travail.

Soit elle terminait en hâte le chantier et rentrait en Angleterre, soit elle trouvait le courage d'affronter son attirance pour Dario. Ne se targuait-elle pas d'être une adulte responsable et rationnelle ? Alors pourquoi se comportait-elle comme une adolescente lors de ses premiers émois ?

Une solution se présenta alors spontanément à son esprit. Comment n'y avait-elle pas pensé plus tôt ?

A l'évidence, elle avait mis fin à leur liaison beaucoup trop tôt, se privant ainsi des voluptueux moments de plaisir que lui procurait le maître des lieux. Dario lui avait fait l'amour comme personne, jamais, ne l'avait fait et, certainement, comme personne, jamais, ne le ferait. De nombreuses femmes avant elle avaient eu des aventures de vacances et avaient survécu. Pourquoi pas elle ? Si le flirt était une pratique courante chez Dario, pourquoi ne le pratiquerait-elle pas à son tour ? A condition, bien entendu, que chacun respecte les règles établies de concert.

Intimement convaincue du bien-fondé de son idée, elle rangea ses outils et partit à la recherche de Dario avant que sa conscience ne la fasse changer d'avis.

*
* *

Dans son atelier, Dario contemplait le portrait de femme sur lequel il travaillait. Son dessin n'avait pas la précision habituelle. Dans un acte désespéré, il avait tenté de compenser ce manque avec l'utilisation de la couleur. Mais le portrait ne ressemblait pas à ce qu'il espérait. Exaspéré, il s'en éloigna et chercha le chiffon imbibé de térébenthine qui lui permettrait de l'effacer. C'est alors qu'une silhouette apparut sur le pas de la porte. Il s'arrêta, pétrifié.

Josie !

L'espace d'un instant, il se demanda si son esprit enfiévré ne lui jouait pas des tours en matérialisant soudain l'objet de ses pensées.

Mais, non, elle était bien là.

— Josie ! s'exclama-t-il. Quel plaisir inattendu. Entre donc. J'étais prêt à penser que tu cherchais désespérément à m'éviter.

La jeune femme rougit délicieusement et hésita sur le seuil. Ainsi, il avait visé juste : elle avait vraiment cherché à l'éviter.

Mais n'en avait-il pas fait autant ?…

Il lui fallait un certain courage pour revenir vers lui. Un courage qu'elle possédait. Quand elle entra d'un pas assuré, il ne put s'empêcher de l'admirer. Cette femme était tout simplement remarquable !

— J'aimerais te montrer un tableau sur lequel je travaille et qui ne me donne pas satisfaction.

Josie s'approcha du chevalet, sa curiosité éveillée, mais, à la vue du portrait, elle s'arrêta, troublée.

— Est-ce… Arietta ? demanda-t-elle, son regard vrillé au sien, comme pour lire dans son âme.

Il crispa ses mâchoires.

— C'était supposé être elle, en effet, avoua-t-il d'une

129

voix dure. Elle a sa place dans la galerie des portraits des di Sirena. Après tout, si les choses avaient été différentes, elle serait devenue ma *contessa*.

Josie se contenta d'acquiescer d'un signe de tête sans faire le moindre commentaire.

— N'as-tu pas envie que je te parle d'elle ? demanda-t-il, gêné par son silence.

— Seulement si tu en as envie toi-même.

— Nous nous sommes connus à l'université…

Dario éprouva toutes les difficultés du monde à raconter comment ils étaient tombés follement amoureux l'un de l'autre au premier regard. Cela avait été magique, jusqu'à ce que la vie réelle s'invite dans le conte de fées. Avec le recul, il se demandait comment ils auraient vécu le passage de l'université au monde professionnel, ce moment précis où les difficultés de la vie à deux commencent à gommer le romantisme d'une relation.

— Un soir, expliqua-t-il, nous nous sommes disputés. D'après Arietta, je passais trop de temps à peindre et pas assez à m'occuper d'elle. Alors qu'un violent orage venait d'éclater, elle est partie au volant de sa voiture, folle de rage. J'ai voulu la suivre, mais elle a accéléré, bien décidée à ne pas se laisser rattraper. Nous roulions beaucoup trop vite. Dans un virage, sa voiture a dérapé…

Il attendit que l'habituelle souffrance le foudroie, comme chaque fois qu'il repensait à cette nuit terrible. A sa grande surprise, elle ne se manifesta pas. C'était la première fois. Josie ne dit mot.

« En plus de toutes ses qualités, elle sait écouter », pensa Dario, qui éprouva la folle envie de s'épancher plus encore.

— Elle est morte durant son transport à l'hôpital.

— Oh… Je suis désolée, Dario.

— Oui.

Elle parut surprise par la sécheresse de sa réponse.

Sans doute s'attendait-elle à ce qu'il paraisse traumatisé. Il l'avait été. Il ne l'était plus. A l'évidence, se confier à Josie lui apportait le baume au cœur dont il avait eu tant besoin.

— A l'époque, j'ai été détruit, poursuivit-il. Pendant des mois, pas un seul jour ne passait sans que mes pensées ne se focalisent sur Arietta. Après tout, ma rencontre avec elle avait été le moment le plus important de ma vie. Après sa mort, j'ai essayé de remplir le vide causé par son départ. En vain. Rien ne pouvait remplacer les merveilleux moments que nous passions ensemble.

Un sourire apparut sur ses lèvres, pour s'évanouir aussitôt. Parler s'avérait de plus en plus nécessaire, une délivrance. Il devait comprendre ce qui venait de lui arriver devant le portrait qu'il ne parvenait plus à achever.

— Mais son souvenir commence à s'étioler. Petit à petit, jour après jour, on dirait que je suis en train de la perdre ; pour toujours…

Il fit une pause. Josie se tenait à quelques pas seulement de lui, semblant retenir son souffle.

— J'ai essayé de lutter, confia-t-il. J'ai commencé à peindre ce portrait d'elle d'après mes souvenirs, mais je n'y arrive pas. En désespoir de cause, je m'apprêtais à l'effacer lorsque tu es arrivée.

Il passa la main sur son visage, comme pour en chasser la tristesse. Josie ne put alors retenir son émotion. Elle se précipita vers lui et entoura ses épaules de son bras.

— Dario, arrête, je t'en prie ! Arietta ne voudrait pas que tu sois triste, j'en suis certaine.

Il plongea les yeux dans les siens.

— Comment en être sûr ?

Elle laissa retomber son bras et recula.

— Personne ne peut se réjouir de savoir malheureux celui qu'il aime.

Durant des secondes interminables, Dario resta immobile, comme perdu dans ses pensées. Puis, soudain, il sortit un portefeuille d'une de ses poches. Il en retira une photo, qu'il montra à Josie avant de l'approcher du portrait.

— Qu'en penses-tu ? Le trouves-tu ressemblant ?

Elle regarda la photo, puis le tableau, puis de nouveau la photo.

— C'est-à-dire…

— Il ne l'est pas, n'est-ce pas ?

— Tu as dit avoir peint de mémoire…

— Oui.

Dario tenait les yeux fixés sur le tableau. Josie fit de même. La photo d'Arietta était en noir et blanc, alors que le portrait attirait le regard par ses lumineuses couleurs.

Josie, bouleversée ne savait plus que dire ni que faire. Un événement capital était en train de se produire dans cet atelier de peintre, face à un portrait inachevé. En effet, il aurait fallu une incroyable coïncidence pour que les yeux d'Arietta aient la même couleur que les siens. Quant à la robe du portrait, sa coupe et sa magnifique couleur verte ressemblaient fort à celles du vêtement qu'elle portait à la soirée.

Laquelle des deux femmes Dario avait-il voulu représenter ? Celle dont le souvenir s'estompait peu à peu, ou celle qui prenait de plus en plus sa place ? Etrange confrontation que celle que Josie avait sous les yeux. Qui pouvait savoir quelle issue allait la couronner ?

Finalement, Dario posa la photographie d'Arietta sur la table et se retourna.

— Bien, dit-il. Désormais, tu connais mon problème. Quel est le tien, Josie ?

A son grand soulagement, il semblait avoir renoncé à la questionner sur la ressemblance du portrait avec le cliché d'Arietta. Josie prit une profonde inspiration.

— Mon problème n'est vraiment pas aussi douloureux que le tien. Arietta est morte. Perdre un être cher est une souffrance insupportable. Je t'admire pour le courage que tu montres en la circonstance.

— Merci. Mais tu n'es pas venue jusqu'ici pour me dire ça, n'est-ce pas ?

— Non, en effet. Je me sens terriblement mal à l'aise depuis ton anniversaire, Dario. J'ai vraiment apprécié chaque minute de la soirée et… de ce qui s'est passé ensuite.

Une nouvelle fois, elle ne put s'empêcher de rougir. Il la gratifia d'un sourire complice.

— Cela flatte ma vanité masculine. Continue, je t'en prie.

— M'offrir en cadeau d'anniversaire… Jamais je ne me suis conduite ainsi dans le passé. Jamais.

— J'en suis certain.

— Il n'est évidemment pas question que tu te sentes redevable envers moi en quoi que ce soit.

— Tu as été très claire à ce sujet. Je t'ai parfaitement comprise et respecte ta décision.

Comme il s'emparait de nouveau de la photographie d'Arietta pour la ranger dans son portefeuille, Josie faillit se sentir mal. Avait-elle eu raison de venir ? Mais être privée de la présence de Dario durant toute une journée s'était révélé une punition trop sévère. Laisser passer l'occasion d'avoir, pendant quelques jours encore, le bonheur d'être caressée par lui, était une folie !

— Mon problème, avoua-t-elle, honteuse, est que je ne pense pas avoir été aussi claire que tu le dis… avec moi-même ! Finalement, il n'y a aucune raison pour que nous ne restions pas… *amis* durant le reste de mon séjour.

Dario prit le temps de ranger ses pinceaux et tubes de couleur avant de se retourner vers elle. Quand, enfin, il prit la parole, sa voix était calme et mesurée :

— C'est ce que je veux moi aussi, Josie. Mais je veux aussi que les choses soient claires.

— Nous sommes tous deux des adultes, non ?

— Très bien. Alors, tu décides. Je n'aimerais pas que tu partes du *castello* avec des regrets…

Incapable de prononcer un mot, Josie se contenta d'acquiescer d'un signe de tête. D'un coup de chiffon, Dario effaça le portrait. Laquelle des deux femmes effaçait-il ainsi ? se demanda Josie. Celle du passé ou celle qui se tenait devant lui ?

— Que vas-tu peindre maintenant ?

— Je n'ai encore rien décidé.

— Alors, pourquoi pas… pourquoi ne pas faire mon portrait ?

Il lui sourit. Ce fut comme si le soleil, trop longtemps caché derrière un nuage, réapparaissait, radieux.

— Tu es sérieuse ? demanda-t-il, surpris.

— Très sérieuse.

— Faire ton portrait serait un immense plaisir pour moi. Si tu le veux bien, j'aimerais te peindre dans la magnifique robe verte que tu portais avant-hier soir — ce superbe écrin qui enveloppait mon cadeau d'anniversaire.

— Celle que tu t'es empressé d'ôter dans la cabane ?

Il s'approcha d'elle et, du bras, entoura sa taille. Elle ferma les yeux.

— J'adore quand tu lâches prise, murmura-t-il à son oreille.

— Finalement, tu as réussi l'impossible…

— Tu te montres une excellente élève.

Josie frémit. Le souffle de Dario sur son cou envoyait des frissons le long de sa colonne vertébrale, tandis que le désir l'embrasait. En rouvrant les yeux, elle rencontra le regard interrogateur de Dario.

— Je veux être à toi, affirma-t-elle sans hésitation.

— Réfléchis bien, fit-il en la couvant d'un regard intense. Tu peux encore changer d'avis ; après, il sera trop tard.

— Je veux être à toi. Maintenant. Peu importe le lieu où nous nous trouvons.

— Voilà un point sur lequel nous sommes en parfait accord, *tesoro* !

Il prit le temps de descendre les stores et de fermer la porte de l'atelier à clé. Puis, dans la douce pénombre, il revint vers elle et, fiévreux, ils commencèrent à se déshabiller mutuellement, sans se quitter des yeux.

Comme Dario le lui avait demandé, Josie prit alors les commandes, déposant des baisers sur son corps d'athlète offert à ses caresses. Elle perçut le tressaillement de ses muscles sous ses doigts, sous ses lèvres. Son sexe dressé disait, plus que des mots, le désir qu'il avait d'elle.

— Mon savoir-faire n'est rien comparé au tien, Josie… laissa échapper Dario d'une voix éraillée.

Savoir qu'elle lui procurait du plaisir décupla la créativité de Josie.

— A l'évidence, je ne demandais qu'à apprendre, admit-elle dans un souffle.

— Tu es une magicienne…

N'y tenant plus, Dario la souleva dans ses bras et la conduisit jusqu'au sofa recouvert de coussins, sur lesquels il la déposa. Il s'allongea sur elle. Leurs deux corps s'ajustaient à merveille.

— *Dio*, tu es le type de femme dont j'ai toujours rêvé… Tu me rends fou, Josie ! J'ai tellement envie de toi.

Les mots étaient tombés de ses lèvres sans qu'il en ait conscience.

— Fais-moi l'amour, Dario…

Jamais, de toute sa vie, Josie n'avait voulu une chose aussi intensément. Sans doute son amant le perçut-il car il lui obéit aussitôt.

Ils s'étreignirent avec une ardeur, une passion, que Josie n'aurait pas crues possibles. Elle eut alors la certitude qu'elle ne pourrait jamais trouver une telle félicité avec aucun autre homme.

Ce n'était guère rassurant — voire franchement inquiétant —, mais que pouvait-elle y faire ?

11.

Alors que Josie se levait du lit, Dario saisit sa main, la retourna et déposa un tendre baiser au creux de sa paume.

— Reviens dans mes bras, supplia-t-il.

Dieu qu'il était difficile de lui résister ! Mais elle devait maintenir une certaine frontière entre travail et plaisir. Le chantier se terminait, et elle avait encore mille choses à régler avant son départ.

Les jours précédents, elle avait perdu toute notion du temps. Elle était dans les bras de Dario et cela seul lui importait. Totalement absorbée par leurs moments d'amour, elle se laissait aller au plaisir, un plaisir décuplé par la fascination qu'il semblait éprouver pour elle. D'une manière totalement magique, ils ne faisaient plus qu'un.

Hélas, tout au fond d'elle se terrait la certitude que cela ne durerait pas. Bien avant son envol pour l'Angleterre, elle allait devoir revenir à l'état d'esprit qui était le sien avant que la déraison ne la jette de nouveau dans les bras de Dario.

Elle libéra sa main et se mit en devoir de s'habiller. Mais, quelques instants plus tard, quand elle voulut prendre congé, Dario lui donna un baiser si passionné qu'elle en eut le souffle coupé.

— Dario, je t'en supplie, arrête ! Je dois vraiment y aller.

Elle réussit à s'échapper, mais que n'aurait-elle donné pour le rejoindre sous les draps !

Dario resta seul, en proie à un curieux mélange de sentiments contradictoires. Son corps désirait plus que jamais celui de Josie, mais ses pensées étaient loin d'être sereines. En règle générale, les femmes cessaient de l'intéresser dès qu'elles se donnaient à lui. Or, cela ne s'était pas produit avec Josie, bien au contraire. Alors qu'il aurait dû pouvoir de mieux en mieux résister à la tentation de lui faire l'amour, son désir d'elle allait croissant. Elle lui manquait terriblement dès qu'elle s'éloignait de lui. Il ne pouvait plus se passer d'elle. Dès l'instant où elle était apparue sur le seuil de son atelier, ils ne s'étaient pratiquement plus quittés tant leur soif l'un de l'autre était grande.

Leur aventure d'une soirée durait depuis des jours, et Dario n'avait pas la moindre idée de l'instant où il y mettrait fin.

Par la fenêtre, il vit un groupe de tourterelles tourner en rond au-dessus de la cour. Il sourit. Josie avait dû leur garder quelques miettes de son croissant, comme elle le faisait chaque matin.

Tout cela allait bientôt prendre fin. Le départ de Josie pour Londres approchait. Il avait senti dans son attitude, ce matin, qu'elle avait également cette échéance en tête.

Mais il lui réservait une surprise. Elle lui avait fait un merveilleux cadeau d'anniversaire. A son tour, il lui ferait un cadeau à sa mesure.

Josie reposa son calepin et s'autorisa une petite pause. Le travail avait toujours servi de ligne directrice à son existence ; elle avait bâti toute sa vie autour de cette valeur. Ce choix judicieux l'aiderait à supporter les longues journées qui l'attendaient quand Dario ne serait plus qu'un lointain souvenir.

Dario.

Elle s'attendrit à la seule évocation de son prénom. Elle ne pouvait lui résister. Elle avait passé ses nuits dans ses bras, réveillée au petit matin par ses baisers et ses caresses. Peu à peu, il lui avait appris à se détendre, à jouir des plaisirs de la vie sans éprouver le moindre remords. Il avait réussi le tour de force de lui faire abandonner sa truelle pour rendre visite à certains de ses amis.

Il l'avait ainsi présentée à des propriétaires qui, comme lui, possédaient sur leurs terres des ruines ou vestiges encore jamais explorés. Tous s'étaient déclarés prêts à accueillir ses fouilles. Josie les avait remerciés, leur promettant d'y réfléchir. Elle n'avait cependant pas grand espoir de voir ce genre de projet se réaliser : l'université manquait cruellement de moyens pour les financer. En ces occasions, l'attitude de Dario l'avait grandement surprise. Au lieu de rester assis sous les tonnelles ombragées à siroter une boisson fraîche avec ses amis, il avait insisté pour être à son côté quand elle avait visité les différents sites.

Il ne l'avait pas quittée d'une semelle.

Mais tout cela allait prendre fin. Le jour de son départ approchait. Les vents d'automne balaieraient les souvenirs de l'été comme des feuilles mortes — à cette pensée, Josie commença à fredonner la célèbre chanson, le cœur serré par l'appréhension.

Le jour précédent son départ, Josie se trouvait sur son site de fouilles quand son portable sonna. Ce devait être Dario, retenu au *castello* par quelque dossier urgent. Elle décrocha sans attendre.

— Joséphine ?

Ce n'était pas la voix qu'elle rêvait d'entendre

— Monsieur Jackson ! s'exclama-t-elle, espérant qu'au bout du fil l'intendant de l'université n'avait pas perçu sa déception. Comment avez-vous eu mon numéro de portable ? Je suis en Italie, alors ne comptez pas sur moi pour la tombola de l'université !

— Je sais où vous êtes, Joséphine. C'est la raison pour laquelle je vous appelle. J'ai de bonnes nouvelles pour vous.

Josie fit fonctionner son esprit à toute vitesse. Elle connaissait par cœur le mode de fonctionnement de l'homme qui tenait les cordons de la bourse à l'université : pour lui, seul l'argent comptait.

— Vraiment ? L'université aurait-elle gagné à l'Euro million ?

— Euh… non, mais presque ! Ma chère Joséphine, rappelez-moi à combien s'élève le financement que vous avez demandé pour des fouilles de terrain, en compagnie de vos étudiants, l'année prochaine.

Ma chère Joséphine ? ! Le ton plus qu'amical de Jackson lui mettait la puce à l'oreille. Des tractations difficiles semblaient à venir.

— Cela dépend, répondit-elle, prudente.

— Eh bien, pensez à un chiffre et multipliez-le par deux ; tenez compte des imprévus, des frais annexes…

Josie fronça les sourcils. Il y avait vraiment anguille sous roche. La meilleure façon de la débusquer était de pousser le bouchon le plus loin possible. Elle choisit donc une somme astronomique, juste pour tâter le terrain :

— Soixante mille livres.

— C'est tout ?

Au bout du fil, Jackson semblait visiblement déçu.

— Pourquoi ne pas arrondir à cent mille ? Il y aura des frais de voyage, de séjour…

— Oh ! certainement ! Comme vous le savez, je suis connue pour ma rigueur. Le gouvernement a beaucoup perdu en ne me nommant pas ministre du budget.

Jackson éclata de rire, augmentant la perplexité de Josie.

Par le passé, jamais l'intendant n'avait ri à ses blagues. Dévorée par la curiosité, elle décida d'en avoir le cœur net.

— En fait, une enveloppe de deux cent mille livres me semble soudain beaucoup plus près de mes besoins.

— Mmm… c'est peut-être un peu beaucoup ! Ne soyons pas si gourmands. Le comte di Sirena s'est montré fort généreux en vous offrant la possibilité de décider vous-même de la somme dont vous aurez besoin.

Josie se figea.

— Pardon ?

— Le comte di Sirena est si impressionné par la qualité des fouilles que vous avez menées sur son domaine qu'il est prêt à nous accorder des fonds ; il souhaiterait que l'an prochain, sous votre direction, ce chantier devienne un lieu de formation pour les étudiants en archéologie. D'après lui, cela ne pourra que bénéficier à l'économie des villages environnants. Il est prêt à financer votre séjour en Italie aussi longtemps que vous le voudrez et à prendre en charge tous les frais associés à la recherche sur le terrain.

— Vraiment ?

— Oui. Nous avons eu une longue et très intéressante conversation au téléphone. C'est un homme charmant.

— Cela ne fait aucun doute…

— Il m'a avoué combien il aimait vous voir travailler à faire revivre le passé jusqu'alors enfoui et oublié. Il est vraiment prêt à faire beaucoup pour vous, ma chère Joséphine !

— Il l'a présenté comme ça ?

— Oui. Que les contraintes financières de l'université soient un obstacle à votre carrière l'insupporte.

— Rien que ça ! Ecoutez, monsieur Jackson, je dois d'urgence discuter de tout cela avec le comte di Sirena avant de prendre ma décision. Merci pour votre appel et bonne journée.

Elle raccrocha. La seule somme d'argent qu'elle pourrait accepter de la part du trop charmant comte Dario di Sirena n'était pas soixante mille, cent mille, deux cent mille livres mais… zéro !

Dario referma le dossier qu'il venait d'achever de traiter, croisa les mains derrière la tête et se laissa aller en arrière dans son fauteuil avec la satisfaction du devoir accompli.

A peine avait-il allongé les jambes qu'une sorte de tornade se présenta sur le pas de sa porte.

— Comment as-tu pu te conduire ainsi ? s'écria Josie, dont les yeux lançaient des éclairs.

« Je ne faisais que penser à toi et à notre fabuleuse nuit d'amour », aurait-il pu répondre. Pourtant, ce n'était visiblement pas ce qu'elle souhaitait entendre. Avant qu'il ait eu le temps d'ouvrir la bouche, Josie avait repris son offensive, énervée comme il ne l'avait jamais vue.

— Comment oses-tu prolonger mon séjour ici sans me consulter ? Comment oses-tu offrir une somme d'argent à mon université pour couvrir mes frais ? De tout temps, j'ai dû faire des efforts inouïs pour obtenir le moindre penny en vue de mes recherches et il suffit que je partage ta couche pour que l'argent tombe du ciel ! Comment crois-tu que je me sente, Dario ?

Stupéfait par sa réaction, mais bien décidé à rester calme, il la fixa droit dans les yeux.

— Pas reconnaissante, en tout cas.

— Jamais, je ne dépendrai de qui que ce soit ! Jamais, tu m'entends !

— Je ne suis pas sourd.

— Tu es en train de t'en prendre à ma liberté, de me rendre dépendante de toi.

Il plissa les yeux. Tant d'injustice le mettait en colère mais il n'y céderait pas.

— Je ne prends la liberté de personne, surtout pas la tienne. Dans ton travail, tu es brillante ; tu mérites de pouvoir réaliser tes recherches sans entrave. Le manque de moyens financiers de l'université est criant. Comme je possède plus d'argent que je ne pourrai jamais en dépenser, la solution à ton problème m'est vite apparue évidente.

Josie posa les deux mains sur le bureau et l'affronta, le visage à quelques centimètres seulement du sien.

— As-tu la moindre idée de ce qu'a pensé Jackson, de ce que vont penser à leur tour mes collègues à l'annonce de ta « dotation » ?

D'un bond, Dario se leva de son fauteuil.

— Qu'ont-ils à voir avec cette histoire ? J'ai de l'argent et je veux qu'il serve à payer des fouilles archéologiques. Qu'y a-t-il de mal à cela ? Et si, en plus, cela t'aide à demeurer plus longtemps au *castello,* j'en serais personnellement ravi. Tu n'as pas vraiment envie de partir demain matin, avoue-le, Josie.

— Je n'ai surtout pas envie d'être une femme entretenue !

— Une femme entretenue ? *Dio*, tu dis vraiment n'importe quoi ! Tu veux vraiment connaître la vérité ? Mon intention était de réparer le mal que l'on t'a fait dans le passé. Ai-je vraiment commis en crime en faisant cela ?

Elle trépigna de fureur.

— Oui ! Proposer de l'argent pour me garder ici peut faire penser à tous que je suis… que je suis…

A l'évidence, Josie ne pouvait se résoudre à prononcer le mot qu'elle avait en tête. Prenant enfin conscience de ce qu'elle voulait dire, Dario faillit s'en étrangler de stupéfaction.

— Qui pourrait penser une chose pareille ? Jamais je n'ai payé pour obtenir les faveurs d'une femme !

— C'est inutile. Tu possèdes le pouvoir, l'argent, le prestige, l'influence, le standing. Quelle femme ne voudrait profiter de ces avantages ?

— Toi, en l'occurrence.

— J'avais envie de toi, tu avais envie de moi, voilà tout. Comme deux adultes responsables, nous sommes tombés d'accord pour prendre du bon temps jusqu'à mon départ.

— Exact. Mais nous y trouvons un tel plaisir que cela pourrait continuer encore un peu, non ?

— Pour que tout le monde pense que tu m'entretiens ? J'ai fait toutes les démarches possibles et imaginables pour faire financer mes travaux. Personne n'était intéressé. Et voilà que tu apparais dans le circuit, avec un portefeuille bien garni, pour que l'intendant de l'université me donne du « ma chère Joséphine »…

Soudain, elle éclata en sanglots convulsifs. Dario se figea. Le choc fut si terrible qu'il mit un certain temps à réagir. Puis il la prit dans ses bras. Elle pleura de plus belle. Il ne sut plus que faire ni que dire.

— Personne ne… ne croit en moi ! balbutia-t-elle entre deux sanglots.

— Comment peux-tu affirmer une telle ineptie ?

— Si la profession croyait en moi, expliqua-t-elle, le débit haché, ils auraient accepté de me financer sans que tu aies besoin d'intervenir derrière mon dos.

— Josie, je t'en prie, essaie d'analyser la situation avec objectivité. L'université ne pouvait pas te financer parce qu'elle ne disposait pas du budget nécessaire. Voilà pourquoi M. Jackson était si soulagé que j'offre mon aide. Toutes les personnes auxquelles j'ai parlé n'ont pas tari d'éloges sur toi. Elles auraient adoré t'apporter leur aide si elles l'avaient pu. En fait, avant que je ne les contacte, elles craignaient qu'une autre institution ne te recrute.

— C'est… c'est vrai ? bredouilla-t-elle, de l'espoir plein la voix.

— Crois-tu que je pourrais te mentir sur un sujet aussi crucial que celui-là ? Tout ce que j'ai voulu, c'est te faire une surprise comme tu l'avais fait pour mon anniversaire.

A son total désarroi, Josie éclata de nouveau en sanglots.

— Que se passe-t-il, *tesoro* ? Quel est le problème, cette fois ?

Elle ne répondit pas immédiatement, prenant le temps de se calmer. Enfin, elle leva vers lui ses adorables yeux.

— Tu ne le devines pas ?

— Non ?

— Je ne peux rester plus longtemps à tes côtés car je… je suis tombée follement amoureuse de toi, Dario. Si je reste au *castello*, tu finiras par te lasser de moi, comme c'est arrivé autrefois avec Andy. Et cela, je ne pourrai le supporter. Ne cherche donc pas à me retenir. Notre relation doit finir maintenant. Je fais mes bagages et je rentre en Angleterre.

Elle s'arracha alors à son étreinte et s'enfuit de la pièce en courant.

Stupéfait, Dario la laissa partir sans réagir. De toute façon, il ignorait comment traiter cette nouvelle donne. Persuadé qu'il ne pourrait qu'envenimer les choses, il resta cloîtré dans son bureau, en proie à mille et une pensées, toutes plus déstabilisantes les unes que les autres.

Il pensa au portrait de Josie, qu'il avait commencé mais jamais terminé — ils avaient passé trop de temps à faire l'amour… Le cœur soudain étreint dans un étau, il songea que ce tableau resterait à jamais inachevé. Il avait perdu Josie aussi sûrement qu'il avait perdu Arietta !

Le prénom pénétra dans son cœur telle une flèche ; or, ce n'était pas du chagrin mais le choc provoqué par une soudaine prise de conscience : jamais Arietta ne lui aurait parlé comme Josie venait de le faire.

Non, jamais Arietta ne lui aurait parlé ainsi !

Dario était le dixième comte di Sirena. Ses ancêtres réglaient leurs problèmes à l'épée. Ils n'avaient peur de rien. Josie le savait et, pourtant, elle l'avait affronté avec une audace inouïe. Sans trop savoir pourquoi, la chose l'amusa grandement. Courageuse, ne manquant pas d'audace, Joséphine Street aurait fait une merveilleuse *contessa* !

Il balaya l'hypothèse d'un revers de la main. Cela n'était pas au programme. Son amour pour Arietta avait engendré d'atroces souffrances. Aucune autre femme, jamais, ne l'entraînerait sur ce terrain.

Dans un accès de rage, il balança à terre les chemises et dossiers empilés sur son bureau. Leur contenu se dispersa sur le sol, le ramenant à la raison. Ses ancêtres avaient lutté pour survivre. Qu'avait-il l'intention de faire de sa propre vie ?

Revenue dans sa suite, Josie rassembla ses affaires et les rangea dans ses valises ; elle rédigea une note demandant que la totalité de ses outils lui soit renvoyée en Angleterre. La dernière chose qu'elle plia soigneusement, dans du papier de soie, fut sa merveilleuse robe verte. La pensée de pouvoir parader sous le regard ébloui de ses collègues lors du bal de fin d'année ne lui apporta pas le plaisir espéré.

Une seule chose lui importait désormais : elle devait quitter les lieux au plus vite.

Antonia avait mis en route pour elle l'efficace machinerie du Castello di Sirena : sur l'aérodrome privé de la famille se tenait prêt le jet qui la ramènerait en Angleterre ; une limousine l'attendait déjà dans la cour. Immensément chagrinée par son départ précipité, Antonia, trop bien élevée, s'était cependant gardée de lui en demander la raison.

*
* *

Ils étaient prêts à embarquer quand il y eut soudain une certaine agitation parmi le personnel ; il s'était réuni autour du commandant de bord, qui conversait au téléphone. Quelques mots parvinrent à l'oreille de Josie. Elle comprit que Dario annonçait son arrivée ! Il devait avoir demandé que l'on retienne l'avion au sol.

Josie bouillait de rage.

Puis un texto arriva sur son téléphone portable. Il était de Dario. Les deux mots, très courts, n'avaient aucun sens. L'ensemble du personnel réuni sous le hangar avait les yeux fixés sur elle. Que voulaient-ils ? Qu'attendaient-ils ? Que signifiait l'injonction reçue de Dario ? Il devait y avoir une erreur...

Soudain, dans le silence qui s'était brusquement fait dans le hangar, un bruit décalé leur parvint : celui du galop effréné d'un cheval. Monté par Dario, Ferrari surgit dans le hangar et s'arrêta à un mètre seulement de Josie, les naseaux frémissants.

Dario sauta à bas de sa monture.

— Quelle est ta réponse, Josie ?

Les cheveux en bataille, le souffle court, il était d'une pâleur extrême.

— Non.

— Comment ça, « non » ?

— Non. Ma réponse est « non » ! Tu espérais vraiment que j'accepte, après la discussion que nous venons d'avoir ? Pour qui me prends-tu ?

— Cessons de discuter. Epouse-moi !

Ecrits sur l'écran de son portable, ces mots avaient provoqué en elle un choc. Les entendre énoncés fut pire encore. A l'évidence, c'étaient les mots d'un homme désespéré. Seigneur... comment allait-elle gérer cette situation ?

— Cela n'a aucun sens, Dario.

— Epouse-moi, Josie !

Il y eut un mouvement parmi le personnel. Ils avaient des spectateurs. Josie n'en avait cure.

— Le mariage est une chose sérieuse, Dario. C'est un engagement pour la vie. Je ne suis pas certaine que tu le comprennes.

— Tu as tort, se défendit-il aussitôt. J'ai passé des années à voir mes parents se déchirer. Pourquoi crois-tu que j'aie refusé tout engagement jusqu'alors ? A cause d'Arietta ? Non ! Il fut un temps où j'aurais donné une fortune pour ne plus assister aux disputes de mes parents. Ils ne pouvaient divorcer : cela ne se faisait pas dans la famille, et mon père ne voulait pas être le premier à briser la tradition. Quant à ma mère, elle aimait bien trop l'argent et le rang que lui conférait son mariage pour le voir se dissoudre.

— Pourquoi, alors, me proposer le mariage ?

— Parce que c'est la seule solution que j'aie trouvée pour te garder auprès de moi, Josie. L'idée que tu t'envoles loin à jamais m'est insupportable. Pourtant, j'avais tout organisé pour ne jamais avoir à fonder une famille, allant même jusqu'à adopter Fabio afin d'avoir un héritier. Mais j'avais tellement souffert…

Oubliant ses bonnes résolutions, Josie posa instinctivement une main compatissante sur son bras. La souffrance qu'elle lisait au fond des prunelles sombres de Dario lui était insupportable. Il recouvrit sa main de la sienne.

— Tu… tu me comprends ?

— Je t'aime, Dario. Plus que tu ne pourras jamais l'imaginer. Mais cela ne marchera pas. Jamais je ne pourrai me mesurer à l'amour que tu portais à Arietta.

— Arietta fait partie de mon passé. Tu es mon présent et mon avenir.

— Réfléchis bien. Tu as peur d'aimer de nouveau.

Il redressa la tête et affronta son regard sans ciller.

— Un di Sirena n'a jamais peur !

— Prouve-le !

Les employés, autour d'eux, retinrent leur souffle.

— Joséphine Street, tu m'as réappris à vivre, à sentir, à espérer. Il m'a fallu du temps pour le comprendre, mais désormais j'en suis sûr : je t'aime et ne peux vivre sans toi. Alors, il n'y a qu'une seule solution pour résoudre cette nouvelle équation : épouse-moi. C'est un challenge que toi seule peux relever. Toi seule peux devenir la nouvelle *contessa* di Sirena.

— Tu… tu m'aimes vraiment ? bredouilla Josie, bouleversée.

— Plus que tout et pour la vie.

— Dans ce cas, j'accepte de relever le défi.

Dario la prit alors dans ses bras pour un baiser passionné, qui provoqua les applaudissements de l'ensemble des employés présents sous le hangar.

Des guirlandes de lumières ornaient les arbres et les massifs dans l'allée menant au *castello*. Dario avait prévu d'annoncer officiellement leurs fiançailles et une grande fête se préparait.

— Jamais je ne m'y habituerai, dit Josie.

— Oh ! je pense que tu t'y feras ! affirma tendrement Dario, en entourant ses épaules de son bras. Je n'ai aucune crainte à ce sujet. Je t'ai vue à l'œuvre quand il s'agit d'assurer une mission. Tu seras la meilleure *contessa* qui soit ! Mais au cas où tu aurais besoin d'aide, j'ai tout organisé pour que ta mère nous rejoigne le plus tôt possible.

Josie leva vers lui un regard plein de reconnaissance.

— Vraiment ? Comment as-tu réalisé ce miracle ? Maman déteste voyager !

— J'ai usé de mon pouvoir de persuasion. Lui annoncer

que tu allais devenir une *contessa* m'a sans doute aidé. Je me suis occupé de son passeport et d'assurer son transport porte à porte. Elle n'avait plus qu'à faire sa valise.

— Tu as fait tout ça pour moi ?

— Oui. Si cela peut te rendre heureuse, *cara*, je suis même prêt à aller cueillir des étoiles dans le ciel.

Sur ses mots, il la prit dans ses bras et, une fois encore, Josie en oublia le reste du monde.

Du nouveau dans
votre collection *Azur*

Découvrez la nouvelle saga

La couronne de
SANTINA

Et plongez au cœur d'une principauté où les scandales éclatent et les passions se déchainent.

Riches, puissants et célèbres, ils sont prêts à renoncer à tous leurs privilèges… par amour.

**8 romans à découvrir
à partir d'AVRIL
2013.**

Rendez-vous dans vos points de vente habituels ou sur
www.harlequin.fr

éditions **H HARLEQUIN**

Du nouveau dans votre collection *Azur*
à partir du 1er mars 2013 !

Découvrez la nouvelle trilogie de Lynne Graham :
Les héritières rebelles

Et plongez dans l'histoire bouleversante de trois
sœurs, Zara, Beatriz et Tawny, qui, pour sauver
leur famille de la ruine, vont devoir céder au plus
odieux — et au plus troublant — des chantages…

3 romans publiés en mars, avril et mai 2013

Recevez toutes les infos en avant-première
en vous inscrivant à la newsletter sur www.harlequin.fr

collection *Azur*

Ne manquez pas, dès le 1er avril

LA TENTATION DU CHEIKH, Abby Green • N°3337

Invité d'honneur au très select Royal Club d'archéologie de Londres, Kaden, prince de Burquat, ne s'attendait pas à y croiser Julia Connors. Julia dont il est tombé fou amoureux douze ans plus tôt, alors qu'elle n'était qu'une étudiante en archéologie. Julia, qu'il projetait alors d'épouser… jusqu'à ce qu'il la surprenne dans les bras d'un autre homme ! Une trahison que Kaden n'a jamais oubliée. Pourtant, aujourd'hui, à la seule vue de sa silhouette gracile, de sa longue chevelure blonde, il sent de nouveau la passion s'emparer de lui. La passion… et une implacable soif de vengeance.

SÉDUITE PAR UN PLAY-BOY, Lucy Ellis• N°3338

Sexy, charismatique, arrogant. Rose a bien conscience que le richissime Pavel Kouraguine n'est pas un homme pour elle. Elle l'a su dès l'instant où elle l'a abordé pour son travail, alors qu'il donnait une conférence de presse à Toronto. Pourtant, cela ne l'a pas empêchée de tomber totalement sous le charme de ce play-boy impénitent… et d'accepter de le suivre à Moscou, quelques heures à peine après leur rencontre ! Une situation aussi excitante qu'angoissante pour Rose qui redoute à présent le moment inéluctable où Pavel, lassé d'elle, décidera de la congédier…

POUR L'AMOUR D'ANNABEL, Kate Hewitt • N°3339

Depuis qu'elle s'est vue confier la garde d'Annabel, dix-huit mois, Rhiannon n'a qu'une idée en tête : rencontrer le milliardaire grec Lukas Petrakides, le père de la fillette, et le mettre face à ses responsabilités. Et puis, n'est-ce pas le meilleur moyen d'assurer à Annabel un avenir digne de ce nom ? Pourtant, une fois confrontée au regard sombre – et brûlant – de Lukas, Rhiannon sent sa détermination vaciller. Comment pourrait-elle confier le bébé, qu'elle aime déjà de tout son cœur, à cet homme qui n'a manifestement aucune envie de s'encombrer d'un enfant ? Aussi accepte-t-elle sans discuter lorsqu'il exige qu'Annabel et elle séjournent sur son île privée, le temps que sa paternité soit légalement établie. Sans discuter, mais sans pouvoir néanmoins réprimer son angoisse et son trouble à l'idée de partager l'intimité de Lukas…

UN PATRON TROP SÉDUISANT, *Cathy Williams* • N°3340

Coup de foudre au bureau

En remettant sa démission à son patron, Luc Laughton, Agatha se sent envahie par le découragement : renoncer à son travail va la placer dans une situation financière dramatique. Mais elle n'a pas le choix. Pas après la nuit de passion que Luc et elle ont partagée la veille, et qu'elle sait hélas sans lendemain. Dans ces conditions, comment pourrait-elle continuer à travailler au côté de ce séducteur invétéré, incapable d'éprouver le moindre sentiment pour elle ? Sauf que Luc exige qu'elle reste à son poste en attendant qu'il lui trouve une remplaçante... Combien de temps pourra-t-elle supporter de le côtoyer tout en lui dissimulant les sentiments qu'elle éprouve pour lui, en dépit de tout ?

L'HÉRITAGE DES FITZROY, *India Grey* • N°3341

Pour aider son meilleur ami Jasper, Sophie a accepté de se faire passer pour sa fiancée auprès de ses proches. Et de le rejoindre en Ecosse, où il séjourne dans l'austère manoir de sa famille. Mais à son arrivée, Sophie a la désagréable surprise d'être froidement accueillie par le demi-frère de Jasper, le ténébreux Kit Fitzroy. Kit qui, malgré son attitude hostile, darde sur elle un regard brûlant qui la fait frissonner. Avant qu'elle ne se reprenne : si elle veut protéger le secret de Jasper, elle doit tout faire pour résister au désir aussi soudain qu'insensé que lui inspire Kit..

Volume Exceptionnel 2 romans inédits

LA PROPOSITION D'UN DON JUAN, *Kate Hardy* • N°3342

Lorsque le milliardaire Rico Rossi lui propose d'être sa maîtresse, le temps de son séjour à Londres, Ella en reste muette de stupeur et de colère mêlées. Comment ose-t-il lui faire cette offre, après l'humiliation qu'il lui a infligée un mois plus tôt ? Alors qu'elle était en vacances à Rome, il l'a en effet séduite en se faisant passer pour un simple guide touristique ! Pourtant, malgré sa profonde indignation, Ella ne peut ignorer la puissante alchimie qui crépite toujours entre eux. Au point qu'elle se sent bientôt prête à céder à la folle proposition de Rico...

UNE SI TROUBLANTE VENGEANCE, *Julia James* • *N°3343*

Le plan d'Ethan Teodarkis était simple : séduire la belle Marisa Milburne pour la quitter ensuite, brutalement. N'est-ce pas tout ce que mérite cette aventurière sans scrupule qui, il en est persuadé, voulait briser le mariage de sa sœur ? D'ailleurs, pour parvenir à ses fins, il n'a pas lésiné sur les moyens : un dîner aux chandelles, un séjour de rêve aux Caraïbes… Et, comme il s'y attendait, elle a succombé. En revanche, Ethan n'avait pas prévu ce désir insatiable qui l'embrase à chaque fois qu'il pose les yeux sur Marisa. Un désir contre lequel il va devoir à tout prix lutter s'il veut accomplir sa vengeance jusqu'au bout…

L'ÉPOUSE DE SERGIOS DEMONIDES, *Lynne Graham* • *N°3344*

- Les héritières rebelles - 2ème partie

Pour sauver son père de la faillite et assurer les meilleurs soins à sa mère malade, Beatriz a accepté d'épouser le milliardaire Sergios Demonides. D'emblée, ce dernier a été clair : s'il l'a choisie, elle – si différente des créatures sophistiquées qu'il fréquente d'habitude – c'est parce qu'il la considère comme la mère idéale pour ses neveux, dont il a désormais la charge. Un rôle dont Beatriz, qui s'est très vite attachée aux trois jeunes enfants, pensait au départ pouvoir se contenter. Sans s'attendre à ressentir pour Sergios une intense attirance, qu'elle a bien du mal à lui dissimuler…

SCANDALE POUR UNE PRINCESSE, *Penny Jordan* • *N°3345*

- La Couronne de Santina - 1ère partie

Se cacher à bord d'un jet privé en partance pour Bombay : c'est la seule solution qu'a trouvée Sophia pour échapper au mariage de convenance auquel son père, roi de Santina, veut la contraindre. Une solution désespérée, mais aussi risquée. Car s'il lui importe peu que son escapade provoque un scandale – pourvu qu'elle recouvre sa liberté –, Sophia appréhende en revanche la réaction du propriétaire du jet, Asch Achari, lorsqu'il découvrira qu'elle l'a impliqué dans cette affaire. Asch, le ténébreux prince de Nailpur qui lui a autrefois brisé le cœur alors qu'elle n'était encore qu'une adolescente, et dont l'attitude arrogante l'a toujours horripilée. Et voilà qu'aujourd'hui, Sophia n'a d'autre choix que de remettre son sort entre les mains de cet homme qu'elle déteste…

Attention, numérotation des livres pour le Canada différente : numéros 1793 à 1798.

www.harlequin.fr

Composé et édité par les
éditions ⬦ **HARLEQUIN**
Achevé d'imprimer en février 2013

La Flèche
Dépôt légal : mars 2013
N° d'imprimeur : 71142

Imprimé en France